OLÉSIA.

Paris,
Imprimerie de Cosson,
Rue St Germain des Prés,
Nᵒ 9.

OLÉSIA,

OU

la Pologne;

PAR MADAME LATTIMORE CLARKE.

TOME DEUXIÈME.

PARIS,

MAME ET DELAUNAY-VALLÉE, ÉDITEURS,
RUE GUÉNÉGAUD, Nº 25;

CHARLES GOSSELIN, LIBRAIRE,
RUE SAINT-GERMAIN-DES-PRÉS, Nº 9.

M DCCC XXVII.

OLÉSIA,

OU

la Pologne.

Après le souper on se promena dans les jardins, et le prince Witold, entraîné par quelques amis qui l'avaient aperçu, alla re-

II.   I

joindre un groupe de jeunes personnes, où se trouvait Olésia. On
parlait de lui à son arrivée, et Ladislas ne le lui cacha pas. Quelques
jeunes femmes qui ne l'avaient
pas vu de la soirée le compli-
mentèrent et sur ses talens et sur sa
modestie. —Il est rare de se cacher ainsi, lui dirent-elles, quand
on mérite autant de louanges. Ladislas, après avoir assuré son ami
qu'il déclamait parfaitement les
vers, s'adressant à sa cousine, lui
demanda son avis sur ceux que
le prince Witold avait le mieux
dit. —Olésia rougit, et répondit
avec timidité qu'il lui semblait
que c'étaient ceux-ci :

Votre fille vivra, je puis vous le prédire.

Croyez du moins, croyez que tant que je respire,
Les dieux auront en vain ordonné son trépas;
Cet oracle est plus sûr que celui de Calchas.

A peine ces derniers mots furent-ils prononcés qu'un cri perçant se fit entendre. Tout en causant on s'était éloigné, et les jardins n'étaient plus éclairés que par les rayons de la lune; bientôt ce premier cri fut suivi de mille autres, et toute cette jeunesse se dispersa et s'enfuit. Dans les mots qu'on avait prononcés avec effroi, Olésia n'avait pu distinguer que ceux-ci : Ombre.... fantôme... Sobieski. Stupéfaite d'étonnement elle s'arrêta, et ses regards se portant vers une allée de traverse, elle vit en effet le grand Sobieski

sur un cheval blanc, le casque en
tête, un large sabre à sa ceinture,
comme s'il partait encore pour le
siége de Vienne. Olésia frémit involontairement en reconnaissant
des traits qu'elle avait vus mille
fois en peinture, mais livides et
couverts de linceuls. Le guerrier
en s'avançant inclinait souvent la
tête d'un air lugubre comme la
statue de don Juan, et tout son
aspect présentait l'ensemble d'une
effrayante apparition. Sans se
donner le temps de réfléchir, elle
allait aussi prendre la fuite, lorsque Witold qui était resté près
d'elle, la retint par le bras, et l'at-
tirant doucement dans une autre
allée : — Contentez-vous, lui dit-

il en souriant, de lui céder le passage. Olésia, revenue de sa frayeur,
se mit à rire ; elle se rappela que
sa mère lui avait souvent parlé
de cette plaisanterie nocturne, qui
avait lieu pour la dixième fois
au moins dans les jardins de Willanow. Elle se disposait à rejoindre
ses compagnes, lorsque le prince
Witold, qui bénissait le hasard
de les avoir réunis, pressa doucement la main qu'il tenait encore, et dit d'une voix émue : —
Restez un instant, je vous en conjure ; je désirerais vous parler sans
témoins.

— Prince Witold, répondit
Olésia d'un ton sévère et en retirant sa main, ce lieu n'est nulle-

ment convenable pour une conversation entre nous ; souffrez que
j'aille rejoindre ma mère. J'ignore
ce que vous pouvez avoir à me
dire, mais c'est devant elle seule
que je vous entendrai.

—Et moi, Madame, reprit le prince Witold, avec une vivacité qu'il
avait peine à contenir, et qui était
excitée par les diverses impressions de la soirée, c'est à vous
seule que je veux parler ; puis
quittant le bosquet sombre, et la
conduisant à deux pas de là, sur
une terrasse dont la Vistule bai-
gnait les bords : — Vous resterez,
Madame, ajouta-t-il avec aigreur ;
vous m'écouterez, je l'espère ;
vous m'écouterez, si je vous ai in-

spiré jusqu'ici quelque estime.
Olésia ne fit aucune réponse; elle
était plus tranquille depuis qu'elle
se trouvait sur la terrasse. Voyant
de loin le château, et le lieu du
souper, où l'on était encore réuni,
sans accélérer sa marche elle se
dirigea de ce côté. Mécontente de
Witold, elle résolut de le lui
prouver par son silence; et tournant la tête vers la Vistule, si
belle dans cet endroit, elle l'admi-
rait sans avoir l'air de se rappeler
que le prince était près d'elle. Il
marchait tristement à ses côtés;
un douloureux soupir s'échappa
de sa poitrine. Olésia tressaillit, et
involontairement elle détourna la

Le prince saisit ce moment,

et lui dit avec l'émotion la plus profonde : — Oh ! je n'aurais pas cru que je serais la première personne à qui vous feriez de la peine. La sévérité d'Olésia s'évanouit ; Witold s'en aperçut , et continua : — Enivrée des louanges que vous recevez en public, les craignez-vous en secret ? Ce n'est point pour vous flatter que je vous ai cherchée ; c'est la vérité que je voulais vous faire entendre. J'aurais aussi quelques questions à vous faire. —Ah ! dites-le-moi, je vous en conjure ; les succès que vous obtenez en tout lieu auraient-ils le pouvoir de séduire un esprit aussi juste que le vôtre ? Les croyez-vous maintenant nécessaires à votre bonheur? Vos oreilles, habituées aux louanges de tous, seront-elles satisfaites dans la suite des louanges d'un seul? Ne voyez-vous pas dans la destinée d'une femme une mission plus noble et plus douce que celle de séduire les yeux? Enfin le rôle brillant que vous remplissez dans le monde est-il le seul qui vous convienne?

—Mais vous-même, interrompit Olésia d'une voix offensée, vous convient-il de m'adresser de pareilles demandes? et n'ai-je pas le droit de m'en étonner?

— Non, répondit Witold en mesurant chacune de ses paroles; non, parce que je vous aime et

qu'on doit tout pardonner à un
amour aussi tendre que le mien. Je
vous aime, non pour vous ap-
plaudir dans une fête, vous suivre
dans tous les lieux où la mode
vous entraîne, encenser votre
beauté et me faire des lois de tous
vos caprices; mais je vous aime
assez pour désirer que vous soyez
ma compagne, mon amie, l'honneur de mon nom. Je n'ai point
cherché cet entretien, le hasard
seul me l'a procuré. C'est de votre
mère que vous auriez appris que
vous étiez recherchée par un cœur
noble, tendre, et qui attendait de
vous son bonheur. Demain on devait lui soumettre ma demande,
mais l'espoir que j'avais hier s'est

évanoui. Cette journée, je l'avoue,
m'a plongé dans un doute insup-
portable, et je me dois à moi-
même d'arrêter toute démarche
avant d'avoir reçu un consentement formel de votre part. Il me
reste un mot à vous dire : je me
suis souvent transporté dans l'avenir, je me voyais l'heureux mari
d'une femme bonne, aimable,
belle, et c'était vous, toujours
vous. Mais cette Olésia de mes rê-
ves ne désirait plaire qu'à moi
seul, et plaisait à tous, sans le
chercher. En jouissant des plaisirs
de son âge, elle se laissait distinguer dans la foule et ne se mettait
jamais au premier rang. Sa parure
n'était point éclatante, elle ne me

plaisait que mieux. Elle m'apparaissait souvent avec cette simple robe blanche et ce chapeau de paille, telle que je vous vis dans les caveaux de Bielany ; et cette timide jeune fille l'emportait de beaucoup dans mon cœur sur cette bayadère dont la grâce ravissante exécute, avec un art inimitable, des danses dont elle ne comprend pas le danger. Si je puis espérer de trouver la réalité de ce rêve, ah! ne me le cachez pas plus longtemps..... ; si je m'étais abusé, si mon espérance n'était qu'une illusion, je me fie, Madame, à la sûreté de votre caractère pour le secret de cet entretien. La nuit le couvre de son ombre, aucun té-

moin ne l'entend; vous ne ferez
point un trophée, ni de mes
prières, ni de vos refus; vous seule
saurez que vous étiez aimée; et si,
le chagrin détruisait ma force, si
me laissant abattre par une passion
invincible et sans espoir, j'oubliais dans une honteuse inaction
ce que je dois à mon pays et à mon
nom, vous seule, Madame, n'auriez point le droit de me condam-
ner...... Vous ne répondez pas......
Cependant je doute encore; non,
la franchise ne peut vous offenser:
mes motifs sont aussi purs que mes
vœux. Eh quoi ! préféreriez-vous
ces déclarations vulgaires, où
l'homme se dégradant aux yeux
mêmes de celle qu'il aime, jure en

pleurant, à ses genoux, une tendresse qui doit durer un jour? Olésia fit un geste d'indignation. —
Pardon, ajouta le prince d'une
voix tendre; je dois aussi m'accu-
ser d'un tort, je suis jaloux déjà,
et la jalousie rend injuste. Vous
seule étiez capable d'exercer sur
moi un si puissant empire. Ces
charmes, ces talens dont je me
plains me subjuguent malgré moi;
je passe ma vie à les admirer et à
les craindre. Quelquefois je re-
grette vos seize ans, et cet air
d'embarras qui vous suivait partout à votre entrée dans le monde;
plus souvent encore, en vous
voyant si belle, je remercie le
ciel de vous avoir créée; il me

semble qu'il l'a fait pour moi. Je voudrais vous voir partager ma tendresse ; je hâte de mes vœux l'instant qui doit nous unir. Olésia, vous le savez, dès votre enfance je vous ai distinguée ; une affection si constante ne doit point être dédaignée. Songez-y bien, une femme trouve rarement deux fois un homme dont l'amour soit véritable..... Je sens que j'exprime mal que je vous aime, mais je saurai mettre tous mes soins, toute ma sollicitude à vous le prouver. Ma franchise doit vous convaincre combien je vous crois éloignée d'être une femme ordinaire, elle peut vous étonner, mais je persiste à penser qu'au fond du cœur vous

ne la désapprouvez pas. Le prince
Witold se tut; il espérait une réponse, mais Olésia n'en fit point.

Cependant Witold apercevait
déjà la foule près du château; le
bruit des instrumens, la clarté des
lumières, commençaient à parvenir jusqu'à eux; il ne lui restait
plus que quelques minutes pour
obtenir l'aveu qu'il souhaitait avec
tant d'ardeur. Il résolut de tenter
un dernier effort.—Je viens de vous
ouvrir mon âme, reprit-il, et vous
refusez de me laisser lire dans la
vôtre. Je vous l'ai dit, ma résolution est prise; je veux un mot de
vous, avant de m'adresser à votre
mère. Vous possédez toute ma
confiance; ce mot me suffira, il

dissipera mes doutes, mes craintes, ma jalousie, il deviendra la garantie du bonheur de tout mon avenir. Vous tenez entre vos mains le sort de ma vie ; il vous reste peu de temps pour en décider. Songez, Madame, songez que je suis aussi fier que sensible, et que, cette occasion passée, une âme aussi bonne que la vôtre sera cause d'un malheur sans remède qu'il ne lui sera plus possible de réparer... Olésia, dédaignez-vous mon amour? Faut-il renoncer à l'espérance qui depuis si long-temps fait le charme de ma vie, ou me donnez-vous enfin ce consentement que je vous demande avec tant d'instance?

1*

Tous les sentimens d'Olésia étaient en contradiction : sa fierté était blessée, son cœur était touché, et si elle n'avait pas répondu c'était pour déguiser des larmes qui n'avaient cesser de couler. Depuis son enfance elle chérissait le prince Witold, mais elle ne s'était point aperçue que depuis deux ans cette affection n'était plus de l'amitié : cet entretien, qui remplissait son cœur d'une émotion indéfinissable, le lui dévoila tout à coup. Elle était sincère, il lui eût été impossible de feindre ; elle répondit enfin d'une voix mal assurée, mais avec la plus touchante ingénuité : —Le consentement de ma mère ne vous suffirait-il pas ?

—Je vous ai dit, reprit Witold avec la plus grande tendresse, que je ne m'adresserais à elle que lorsque vous me l'auriez permis.

—Eh bien! parlez, je vous y autorise.

—Vous m'aimez donc? dit Witold, d'un accent qui dévoilait tout ce qui se passait dans son cœur.

Olésia mit ses deux mains sur son visage; il allait continuer, lorsqu'une voix sortant du buisson qui était près d'eux, fit entendre les paroles suivantes :

L'Amour et le Destin sont souvent en querelle;
   L'un vous sourit, et cache de son aile
  La main de fer que l'autre étend sur vous.
    Craignez de tomber sous leurs coups,
Vous, orgueilleux; et vous que l'on dit belle,

—Quelle insolence ! s'écria le
prince Witold d'un ton courroucé
et s'élançant vers le buisson. Olésia
le retint, et lui dit d'une voix
tremblante :—Qu'allez-vous faire?
ne reconnaissez-vous pas la voix
d'une femme?—En effet, dit le
prince Witold très-haut et avec
dédain, une femme seule pouvait
s'oublier ainsi, sans crainte d'en
être punie. Mais, Olésia, ne soyez
point inquiète. Qu'importe maintenant le mystère? Nous sommes
d'accord; je m'honore du choix
que j'ai fait, et demain toute la
Pologne en sera instruite.

Un éclat de rire plein d'ironie
sortit d'un buisson plus éloigné,
et la même voix, d'un ton ridicu-

lement tragique, fit entendre les
deux vers suivans :

Ce nœud mal assorti ne se formera pas ;
Cet oracle est plus sûr que celui de Calchas.

Pour parvenir au buisson derrière
lequel la voix se faisait entendre,
il eût fallu faire un détour qui eût
facilité à la personne cachée le
moyen de s'évader dans les jardins ;
le prince Witold en eut d'abord
l'idée, mais il y renonça bientôt.
Il prit la main d'Olésia, et l'en-
traînant de l'autre côté de la terrasse, vers le bord de l'eau :—Ou-
bliez comme moi, lui dit-il, cette
cruelle plaisanterie, et ne vous en
étonnez pas ; vous êtes trop supé-

rieure pour ne pas avoir d'envieux.

— Ah! prince Witold, répondit Olésia avec tristesse, ce n'est point une plaisanterie; ce malheureux événement a quelque chose de prophétique.

— Chère Olésia, reprit le prince en souriant, nous ne sommes ni à Delphes, ni à Cumes, et il y avait dans le ton de cette nouvelle sibylle plus de dépit que d'inspiration. Chère amie, ajouta-t-il avec tendresse, je ne craindrais d'obstacles que ceux que vous m'opposeriez; mais nous allons dans un moment rentrer au château, rappelez-vous que vous vous êtes rendue volontairement dépositaire de mon bonheur, et recevez les sermens les plus sacrés de l'honneur et de l'amour. Dès cet instant nos destinées sont irrévocablement unies. Regarde, Olésia, ces astres qui nous éclairent, cette eau qui coule tranquillement à nos pieds; regarde cette nature si belle dont nous sommes entourés; ils ont tous leurs lois immuables, et n'en dévient pas un seul jour. Mon amour imitera leur constance, il est créé comme eux pour m'être utile et me charmer.

—Ah! dit Olésia, vous, pour qui j'éprouve une si parfaite estime, je ne croirais plus à l'honneur si vous saviez tromper.

Vous nommez un sentiment

qui d'abord a fait toute mà gloire;
mais est-ce encore le seul que
vous ressentiez pour moi ? S'il
était mêlé de quelque affection,
m'en refuseriez-vous l'assurance?
Ah! dit-il en pressant la main
d'Olésia et la portant à ses lèvres,
un mot qui me rendrait si heureux vous coûterait-il tant à
dire ?... De grâce, de grâce, pro-
noncez-le.

— Laissez-moi, dit Olésia fai-
blement ; puis elle dégagea sa
main de celle du prince, et s'enfuit en s'écriant:—Je veux auparavant, je veux le dire à ma mère !

CHAPITRE V.

La Palatine de S*** en arrivant à Varsovie se trouva indisposée. Elle fit défendre sa porte, et passa la journée seule avec sa fille. Assise sur un carreau, près de la chaise longue de la Palatine, Olésia tenait sa main ; elle la baisait souvent ; souvent aussi elle portait ses regards sur le

visage chéri de celle qui lui
avait donné le jour, et ses yeux
exprimaient la plus vive tendresse. Tout à coup, agitée d'une
pensée soudaine, elle cacha sa
tête dans ses mains, et lorsqu'elle
la découvrit, la Palatine remarqua sur le visage de sa fille autant
d'émotion que d'embarras. Olésia
venait de se rappeler la scène de
la veille et la demande du prince
Witold; tant que sa mère avait
été souffrante, elle n'avait songé
qu'à ses douleurs. Le moment de
la confiance était arrivé; Olésia
ne résistait point à la voix qui le
lui disait, mais pendant son récit, ses yeux furent baissés, ses
joues animées, et sa respiration

inégale, tantôt précipitait ses paroles, tantôt les exhalait lentement.

Lorsqu'elle eut achevé, ses yeux se levèrent; elle vit la Palatine qui la regardait tristement : — Chère enfant, dit cette dernière avec l'accent d'une profonde affliction, était-ce donc là celui qui était destiné à vous plaire ? J'aurais préféré tout autre que lui.

—Oh! maman, dit Olésia, en est-il de plus estimable?

—Plus, non; mais on peut trouver des hommes estimables au même degré, et dont le caractère laisserait concevoir plus d'espérance de bonheur.

—Maman, il m'a promis de

me rendre heureuse, et le prince
Witold n'a jamais dit que la vérité.

— Olésia , reprit la Palatine
avec un peu de sévérité, vous ne
vous étiez pas probablement aperçue jusqu'ici des progrès qu'il
avait faits dans votre cœur, car
vous ne me l'auriez pas caché.

— Hier soir, seulement, je m'en
suis aperçue.

— Vous l'aimez enfin?

— Je le crois, maman.

— Quelles sont les raisons qui
vous portent à le croire?

— Maman , dit Olésia après
avoir réfléchi un instant , lorsque
je suis mécontente de moi , je
crains sa désapprobation ; lorsque
je réussis à quelque chose, je vou-

drais qu'il fût là pour jouir de mes succès.

— Ainsi, c'est toujours son image qui se présente la première à votre pensée?

— Oui, maman, car elle vient après la vôtre.

— N'avez-vous jamais soupçonné jusqu'ici qu'il désirait que vous devinssiez sa femme?

— Je ne me suis jamais arrêtée à cette idée; mais je vous avoue, maman, que sans m'en rendre compte j'en avais, ce me semble, le pressentiment.

— Le pressentiment! au fond, dit la Palatine, comme en se parlant à elle-même, je ne vois rien là d'impossible; le ciel n'a-t-il

pas été prodigue envers elle? que
lui manque-t-il donc? En achevant ces paroles elle soupira; puis
s'adressant à sa fille : — Olésia,
lui dit-elle, je vous promets de
penser à ce que vous venez
de m'apprendre. Rassurez-vous,
ajouta-t-elle en voyant sa fille
consternée de son apparente froideur; votre conduite est ce qu'elle
devait être, et je suis satisfaite de
vous. Si je vous parais pénible-
ment affectée, c'est de l'égoïsme
peut-être; je n'avais point encore
songé que nous devions un jour
nous séparer; vous m'avez rendue si heureuse jusqu'ici, ma fille!
En prononçant ces paroles, la Palatine ne put retenir ses larmes;

Olésia se précipita dans ses bras, et ses sanglots l'empêchèrent de répondre. La Palatine la serra contre son cœur avec la plus grande tendresse. Cette scène lui faisait mal; voulant y mettre un terme, elle sonna; une de ses femme parut : ayant appris que ses fils étaient dans un salon voisin, elle les fit demander; ils passèrent la soirée près d'elle. L'aîné lui donnait de grandes inquiétudes, il arrivait de Pétersbourg. La confédération de Targowice était déjà connue, mais on n'en parlait pas encore ouvertement, et la Palatine soupçonnait que son fils était un ceux qui l'avaient signée. Elle ne tarda pas à en être convaincue.

L'impératrice Catherine II ne pouvait pardonner à la Pologne, ni les actes de la diète de 1788; ni l'alliance de la Prusse acceptée au mépris de la sienne, ni surtout la constitution de 1791. Débarrassée de la guerre avec la Suède par le traité de Wéréla, de celle de la Turquie par la paix de Jassy, elle résolut de satisfaire à la fois et sa vengeance et son ambition. Le second démembrement de la Pologne fut résolu et devint le garant de sa réconciliation avec la Prusse et l'Autriche. Elle appuya ses forces de la ruse, réunit par ses agens quelques Polonais factieux et mécontens, et ce fut près d'elle que l'on dressa les pre-

miers articles de la confédération
de Targowice contre la constitution de 1791. Bientôt la nouvelle
de cette confédération se répandit
dans toute la Pologne. On se dé-
signait déjà avec indignation tous
ceux qui y avaient eu part, lorsque le nom d'un plus illustre
coupable, celui de Stanislas-Au-
guste, vint atténuer leur honte et
s'emparer du mépris public.

Catherine publia un manifeste
quelques jours après celui des con-
fédérés. Elle devait, disait-elle, justifier devant Dieu et devant les
hommes les mesures qu'elle était
obligée de prendre. Les deux
principaux motifs de sa conduite
étaient: 1° l'anéantissement de l'an-

cienne constitution de Pologne
par la révolution du 3 mai; 2° la
retraite des troupes russes exigée
par la diète de Pologne. On communiqua cette déclaration à Lu-
chésini; il répondit: — que le roi
de Prusse n'ayant pris aucune part
à la constitution du 3 mai, il ne
se regardait pas comme obligé de
donner des secours à ses partisans,
s'ils jugeaient à propos de la défendre les armes à la main. Un
long cri d'indignation se fit entendre; et l'on murmura partout: *Trahison! trahison!* La Russie tout
entière déborda en Pologne; une
armée formidable remplit bientôt ce malheureux pays. Les Polonais cependant avaient mis en

campagne 6o mille hommes. Leurs
forces étaient formées de plusieurs
divisions ; la plus nombreuse fut
confiée à un neveu du roi, le prince
Joseph Poniatowski. Il était bien
jeune alors, mais rempli de courage, de loyauté, et commençant
déjà cette réputation qu'il porta si
loin depuis.

Le prince Witold quitta Varsovie pour aller se mettre à la tête
de sa division. Avant son départ
il se présenta chez la Palatine, elle
était trop souffrante pour le recevoir ; il fut obligé de s'éloigner sans
revoir Olésia. Pendant son absence, la mère du comte Ladislas
se rendit chez la Palatine de S***,
et s'acquitta de la commission dont

on l'avait chargée. On convint de part et d'autre de garder le secret sur cette démarche jusqu'au retour de Witold, époque à laquelle la Palatine se réservait de faire une réponse décisive.

Tout était changé à Varsovie, et l'année qui venait de s'écouler était la dernière année de bonheur que le ciel accordait à la Pologne. L'espérance la mieux fondée devint la plus trompeuse. Le coup qui venait d'accabler les Polonais avait été si prompt qu'ils avaient passé de la tranquillité au malheur sans en éprouver l'inquiétude. Au lieu de se laisser énerver par l'abattement que produit souvent une grande surprise, ce peuple belliqueux et qui semblait né pour vaincre, courut à l'ennemi en prenant la résolution de combattre. Si ce noble désespoir, si cet élan universel avait été secondé par le chef du gouvernement, il est possible que la Pologne eût maintenu dans l'Europe le rang dont elle allait déchoir; mais ils étaient passés ces temps des Sigismond-Auguste, des Etienne Bathori, des Sobieski. Il fallait un héros pour sauver la Pologne, et Stanislas n'était qu'un homme ordinaire ; il eût été davantage dans la vie privée; l'esprit et l'amabilité ne suffisent pas sur le trône. Indécis, irrésolu comme la faiblesse, il promettait un jour de se mettre à la

tête de l'armée, le lendemain il
écrivait à Catherine. Il offrait de
descendre d'un trône qu'il avilis-
sait, et se déshonorait pour le conserver. Enfin il signa son adhésion à
cette confédération de Targowice,
rédigée dans une cour ennemie. Il
échangea les bénédictions qu'une
constitution remplie de sagesse lui
avait attirées pour la haine et le
mépris. Il ordonna à son armée
de seconder désormais les projets
de la Russie; et c'était au moment
où victorieuse, elle ne désirait, ne
demandait qu'une bataille décisive! L'ordre du jour qui annonçait cette adhésion fut arrosé des
larmes du prince Joseph; les officiers qui l'écoutèrent frémirent de

rage. Ils s'étaient éveillés défenseurs de leur patrie, et le changement d'un seul homme leur donnait le nom de rebelles. Ils posèrent leurs armes plutôt que d'en faire l'usage qu'on leur avait ordonné, et se séparèrent avec cette douleur concentrée qui sait ajourner la vengeance ; l'espérance se glissa dans leurs mornes adieux. Dès lors le parti Russe domina en Pologne, les meilleurs citoyens s'exilèrent, l'armée fut en partie détruite, et la Pologne replongée dans tous les maux dont elle s'était crue guérie.

Ces événemens politiques eurent lieu pendant le cours de l'année 1792 ; nous allons parler de ceux qui se passèrent à la même époque dans la société.

La Palatine de S***, dont la santé avait presque toujours été chancelante depuis son retour de Willanow, tomba dangereusement malade vers la fin de l'été. Les médecins qui furent appelés ne donnèrent d'abord aucune inquiétude, et lorsque la maladie s'aggrava, ils virent autour d'eux tant d'espérances qu'ils n'osèrent l'anéantir tout d'un coup ; ils attendaient chaque jour que les parens, que les amis portassent eux-mêmes un jugement pour le confirmer ou le détruire. Mais il y a des momens d'illusion générale, et toute la maison de la Palatine

semblait abusée au même degré.
Depuis près de trois mois on re-
marquait dans Olésia une grande
tristesse; pendant quelque temps,
sa santé même s'était altérée ;
mais on ne pouvait attribuer ses
souffrances aux inquiétudes que
lui causait sa mère, puisque cette
dernière avait eu pendant le même
espace de temps des momens
d'une santé parfaite. Voici la seule
supposition à laquelle on s'arrêta.
Un mois après la fête de Willanow, Olésia quitta le cabinet qu'elle
occupait près de sa mère, pour aller habiter un appartement plus
éloigné. La Palatine craignait que
les soins qu'exigeait son état de
souffrance même pendant la nuit,

2*

ne troublassent le repos de sa
fille. Olésia n'osa murmurer, mais
elle pleura beaucoup.

Tandis qu'on faisait devant elle
le déménagement nécessaire, une
femme de chambre en emportant
une cassette qui appartenait à la
Palatine, la laissa tomber; la cassette s'ouvrit, et les papiers qu'elle
contenait roulèrent en désordre
sur le parquet.

On les replaça à la hâte. Lorsque la femme de chambre revint,
Olésia était évanouie; elle tenait
une lettre dans ses mains; cette
lettre était en français, mais on
reconnut l'écriture de la Palatine.
Olésia défendit expressément de
parler de cet incident, et ceux

quien furent témoins connaissant son excessive sensibilité, l'attribuèrent au chagrin de se séparer de sa mère pour la première fois de sa vie.

Un soir, elles étaient seules, la Palatine avait fait ouvrir les fenêtres, et de son lit elle pouvait voir en partie un jardin qu'elle avait fait planter elle-même. A cette époque de l'année la végétation était encore dans son éclat. Quelques nuances cependant annonçaient que l'automne était proche. Néanmoins des fleurs de toute espèce s'élevaient, parfumaient l'air, et les arbres étaient chargés de fruits. La Palatine considéra long-temps tous ces objets,

elle gardait le silence. Il y avait
dans l'expression de son visage
beaucoup de mélancolie mêlée de
cette indifférence qui, à leur insu,
saisit quelquefois les personnes
mourantes. Le même sentiment
qui nous porte à admirer plus
particulièrement ce qui nous ap-
partient, est-il aussi celui qui nous
détache involontairement de tout
ce qui va nous échapper? ou,
comme le voyageur après un long
exil sent palpiter son cœur à
l'approche du toit de ses pères,
l'âme, si près des limites de la nouvelle carrière qu'on lui a promise,
la reconnaît-elle pour sa patrie,
et, dédaignant le séjour qu'elle
quitte, s'élance-t-elle déjà tout

entière vers celui que dans peu
elle doit habiter ?

Enfin la Palatine prenant la parole et regardant Olésia : — Ces
arbres ont votre âge, lui dit-elle,
vous avez grandis ensemble ; il y
a environ dix-huit ans que ce
jardin fut planté. Avant votre
naissance tout ce que vous voyez
était une vaste cour inutile ; ces
gazons ont été semés pour vous,
et c'est là qu'avec toute la tendresse, toute la sollicitude d'une
mère, j'ai suivi vos premiers jeux.
Aucune de mes espérances n'a
été trompée : cette plantation est
maintenant dans toute sa force ;
chacun de ces arbres remplit son
but d'utilité : les uns étendent au

loin leur ombrage, les autres sont
chargés de fruits, et vous, mon
Olésia, vous êtes ainsi qu'eux dans
tout votre éclat; les agrémens de
votre personne ne sont pas les
présens les plus précieux dont
vous ait comblée la nature; vous
êtes bonne, vous le serez toute
votre vie; vous serez aimée de
toutes les personnes avec lesquelles
vous êtes destinée à vivre; vou
leur plairez d'abord, vous vous
les attacherez ensuite. Ah! con-
servez toujours ce caractère angélique, cette douceur si utile dans
le commerce de la vie. Bien im-
parfaite moi-même, je conçois la
perfection dès que je pense à vous;
il me semble que vous êtes digne

d'y parvenir. — Peut-être, Olésia,
ajouta la Palatine en jetant sur
sa fille un regard rempli de la plus
pénible inquiétude, vous vivrez
dans la suite avec des personnes qui se montreront exigeantes ;
vous trouverez leur cœur bien dif-
férent de celui d'une mère, et
pour y obtenir une place vous
serez obligée d'employer tous vos
soins. Vous entrerez bientôt dans
une famille étrangère ; il ne suffira
pas d'y plaire à votre mari, il a
une mère aussi ; il vous aimera
davantage si vous êtes bien reçue
parmi les siens ; un bon cœur
tient un compte fidèle de toutes
les peines qu'on lui épargne. Mais
sans doute je serai près de vous,

ma fille, et les fautes dans lesquelles j'aurais pu tomber moi-
même, ma tendresse maternelle
saura vous les faire éviter. La
Palatine prononça cette dernière
phrase ave une grande lenteur;
elle ne put retenir un soupir, et
portant ses regards sur sa fille,
elle la vit pâlir. Le trouble d'O-
lésia était visible quoiqu'elle fît
les plus pénibles efforts pour le
dissimuler.

Ce qu'elle souffrit dans cette
soirée lui donna la mesure de ses
forces. Depuis quelques jours elle
ne s'abusait plus; elle voyait ce
qu'elle aimait le mieux au monde
s'anéantir et lui échapper. Chacune des souffrances de sa mère

martyrisait son cœur; elle eût
voulu les réunir toutes sur elle;
elle s'élançait à la moindre plainte,
et retombait, accablée sous son
impuissance.

La Palatine, pénétrée de l'expression de désespoir empreinte
sur les traits de sa fille, prit tout
à coup une résolution contraire à
celle qu'elle s'était imposée jusqu'alors. — Olésia, dit-elle en réu-
nissant toutes ses forces, au lieu
d'employer les derniers jours qui
me restent à nous tromper mu-
tuellement, il vaut mieux nous
fortifier l'une et l'autre contre un
malheur sur lequel nous ne pouvons rien. Si vous vous abusiez,
je n'aurais point le courage de

vous éclairer ; mais je lis dans
votre cœur et j'y vois toutes vos
craintes. Il n'y a plus moyen de
le dissimuler, elles sont fondées,
et je sens que je me meurs. —
Chère enfant, ajouta la Palatine
d'une voix tremblante, lorsqu'elle
vit sa fille se jeter à genoux près
de son lit et cacher son visage
baigné de larmes, je n'aurais pas
cru te quitter si tôt. — O mon Dieu!
dit-elle en étendant ses mains pâ-
les et maigries sur la noire chevelure de sa fille ; ô mon Dieu ! que
la bénédiction que je lui donne
soit ratifiée dans le séjour céleste !
J'étais son seul appui sur la terre,
remplacez-moi, car il ne lui reste
que vous. Vous savez si j'ai raison

de m'effrayer de son avenir ; je la
laisse au moment où allaient s'é-
claircir toutes mes incertitudes. Et
toi, la fille de mon cœur et de mon
choix, dans ce moment solennel
je te dois une triste confidence :
tu es ce que j'avais de plus cher
sur la terre, et cependant....— Ma
mère ! ma mère ! s'écria Olésia
d'une voix déchirante, au nom de
votre amour et du mien, n'achevez
pas ; je sais tout !

En prononçant ces paroles elle
s'était levée subitement et saisie
d'un mouvement convulsif. Son
visage était pâle comme celui de
la mourante. Ses yeux obscurcis
essayèrent en vain de distinguer les
traits chéris de sa mère ; elle se

sentit un instant presser contre
son cœur, et bientôt son corps
chancelant s'échappa des faibles
bras de la Palatine; elle perdit con-
naissance, et tomba inanimée.

A ce bruit, au cri aigu que jeta
la Palatine, un médecin, qui veil-
lait dans l'appartement voisin, ac-
courut dans la chambre de la malade; plusieurs personnes effrayées
s'y précipitèrent au même instant.
On emporta Olésia. La Palatine, à
laquelle une grande faiblesse em-
pêchait depuis long-temps de se
mouvoir sans secours, avait dans
ce moment affreux retrouvé des
forces surnaturelles; elle était assise sur son lit, les bras étendus
vers la porte par laquelle on avait

emporté sa fille, les yeux fixes, la
bouche entr'ouverte et desséchée,
immobile, et semblable à ces figures
frappées par la foudre; dont l'expression et la pose indiquent encore l'effroi qui les a saisies au
moment de leur destruction. Peu
à peu ses traits contractés repri-
rent un calme plus effrayant encore; ses yeux se fermèrent; elle re-
tomba pesamment sur son oreiller.
Le médecin s'approcha d'elle; il
voulut lui faire prendre une potion
fortifiante; mais son ministère était
devenu inutile, et le reste de vie
qu'il entrevoyait encore allait s'é-
teindre pour jamais.

Le Palatin de S*** était auprès
de sa femme ainsi que ses deux

fils; le médecin se tourna vers eux, et d'une voix profondément émue leur annonça que tout espoir était perdu. Cette nouvelle se répandit à l'instant dans le palais. La Palatine était aimée; chacun fut consterné. Tous ceux qui avaient accès dans les appartemens se rendirent dans la chambre de la mourante; beaucoup d'autres s'y glissèrent, pensant avec raison que, dans un pareil moment, on ne songerait point à leur en interdire l'entrée.

Un observateur, étranger au chagrin de toute cette maison, et qui par hasard eût été mêlé dans la foule, aurait trouvé dans cette scène un vaste champ de réflexions. L'appartement dans le--quel mourut la Palatine était un immense salon, où par un caprice de malade elle avait fait poser son lit quelques semaines auparavant. Ce lit était sans rideaux; la partie supérieure en était très-exhaussée, et de nombreux oreillers élevaient et soutenaient une figure pâle et immobile.

On avait été chercher un prê-tre. La Palatine s'était confessée la veille; le même ministre l'avait absoute. Sans bruit et le cœur pé-nétré il s'approcha de sa pénitente, lui administra le dernier sacrement quelle dût recevoir sur la terre, et se retirant entre le lit et la che-minée, les mains jointes et les yeux

baissés, il adressa tout bas au ciel
des vœux pour celle dont il connaissait la bonté.

Appuyé sur le pied du lit de la
Palatine, et les yeux fixés sur elle,
le médecin ne détourna pas une
seule fois ses regards de ce spectacle imposant : il tenait encore
dans une de ses mains le breuvage
qu'avaient rejeté des lèvres mourantes. Habitué à voir s'éteindre
chaque jour depuis l'enfant jusqu'au vieillard, l'apparence de la
mort ne pouvait ni l'émouvoir, ni
le surprendre. L'expression de
son visage était des plus difficiles
à saisir; il y avait en même temps
dans son regard de la mélancolie,

du calcul et quelque chose d'inquiet. Le premier sentiment venait de l'attachement que lui avait inspiré la Palatine; il pensait au vide que sa mort allait causer dans sa famille, à ses enfans, à sa fille surtout. Le second appartenait entièrement à son état; ayant donné dans sa pensée tant d'heures d'existence à sa malade, il suivait involontairement des périodes imperceptibles à d'autres yeux que les siens, et voyait avec une espèce de satisfaction involontaire qu'il ne s'était pas trompé dans son calcul. Le dernier sentiment qui se mêlait aux autres, se rapportait au changement peu avantageux que la mort d'une personne qui le protégeait allait produire dans ses affaires. Quelle que soit la position dans laquelle nous nous trouvions, si elle a de la durée, il est rare que les dernières pensées qu'elle nous fournit soient en harmonie avec les premières qu'elle nous a inspirées. Une des idées les plus tristes est de songer qu'en général nos premiers mouvemens sont généreux, et que la réflexion, qui devrait les ennoblir encore, les gâte presque toujours. Le cœur est ému le premier; ce qu'on appelle raison le fait bientôt taire; l'égoïsme qu'on avait mis de côté reprend peu à peu toute sa puissance, et s'élève bientôt au-dessus de toute consi-

dération qui ne lui est pas per-
sonnelle.

Le Palatin de S***, vrai modèle de ces caractères faibles qui
mettent de l'importance aux plus
petits événemens de la vie, et qui
dans les circonstances majeures
perdent la tête, se levait, s'asseyait,
se levait encore, faisait quelques
pas dans la chambre, et s'arrêtait
subitement; il marchait sur la
pointe des pieds; ses yeux ouverts
de toute leur grandeur chan-
geaient souvent d'expression, et
lorsqu'ils se posaient sur celle qui
allait le quitter pour toujours, il les
détournait avec effroi. Le Palatin
avait passé soixante ans; il touchait à cet âge d'infirmités et de

dégoûts où les souffrances semblent attacher l'homme à la vie;
cette scène, dans laquelle une personne de quinze années plus jeune
que lui était frappée de mort en sa
présence, lui causait autant d'a-
préhension que de douleur. Il l'a-
vait beaucoup aimée; mais il arrive
une époque où l'on reporte sur
soi toutes les affections qu'on avait
données, où souvent l'attachement n'est que de l'égoïsme. Quelquefois, d'un geste d'impatience
il imposait silence aux regrets
plaintifs des personnes de sa maison; plus tard il gémissait lui-même
avec plus d'amertume. Toute cette
foule qui remplissait une partie de
l'appartement le gênait, en même

temps qu'il se rendait à peine compte s'il était seul ou entouré. Habitué depuis de nombreuses années à suivre plutôt les mouvemens de son amour-propre que ceux de son cœur, il craignait de manquer à la dignité convenable à son rang, et la vanité perçait jusque dans ses adieux funèbres.

Son fils aîné, le comte Alexandre, assis dans un fauteuil près du lit de sa mère, les bras croisés, le visage pâle, éprouvait une profonde douleur; son âme ambitieuse, mais non pas entièrement corrompue, retrouvait dans ce moment solennel des mouvemens assez nobles pour changer le cours de sa destinée s'il leur eût donné

l'essor. Sa figure fortement inclinée et ses yeux élevés donnaient
à son expression quelque chose
d'aussi sombre que le tableau qui
était devant lui. Il regardait souvent le lit de douleur, et songeant
à toute la fragilité, à tout l'incer-
tain de la vie, il eût abandonné
volontiers ses projets coupables.
Si sa mère dans ce triste moment
eût pu proférer une parole, eût
exigé un serment, le comte Alexandre, pour prix des inquiétudes
qu'il lui avait causées, eût peut-
être juré devant ce lit de mort fi-
délité à sa patrie ; peut-être aussi
le Dieu qui sonde les cœurs lui
évita-t-il un parjure.

Henri, le second fils de la Palatine, prosterné près du lit, tenant une de ses mains glacées, le visage inondé de larmes, donnait sans contrainte un libre cours à sa douleur.

Les fenêtres étaient restées ouvertes ; la nuit était chaude, orageuse ; quelquefois la lune dégagée de nuages lançait une longue trace blanche sur le parquet du salon, et s'élevait à quelques pieds sur le damas cramoisi qui le tapissait. Le grand silence qui régnait n'était interrompu à d'inégaux intervalles que par des gémissemens. On entendait aussi quelques mots mal articulés qui sortaient du groupe composé des gens de la maison. —Ah ! mon Dieu !.. une si

bonne mère!.... une si bonne
maîtresse! Ces gens, serrés les uns
contre les autres, tantôt éclairés
par un rayon de la lune, tantôt
par la lueur vacillante des cierges
qu'on avait placés près du lit,
présentaient une grande diversité
d'expressions : quelques jeunes
femmes pleuraient ; d'autres, la
bouche entr'ouverte, et les yeux le-
vés au ciel, secouaient doucement
la tête en signe de pitié. On voyait
sur le visage de plusieurs cette impression mêlée de curiosité et de
crainte où chacun de ces sentimens semble l'emporter tour à
tour. Cette scène funèbre au milieu de la nuit les glaçait d'effroi,
et cependant ce besoin de sensa-

tions que chacun éprouve plus ou moins les fixait à leur place. Le col tendu, les mains avancées, leurs yeux voulaient tout distinguer, tout voir, et lorsque, dans un moment de silence profond, le vent pénétrant dans les plis des rideaux de damas les agitait sourdement, ou lorsque le papillon de nuit heurtait sa tête monstrueuse contre une des vitres de la croisée, un frissonnement venait glacer tous ces visages et les rapprochait encore.

Minuit sonnèrent à une grande horloge fixée à la muraille près du lit de la Palatine. Ces douze heures retentirent brusquement dans cette vaste salle; bien des

cœurs battirent plus vite, bien
des pensées se rencontrèrent et se
dirent : — Cette heure sera la
dernière. En effet, quelques minutes plus tard la respiration de la
mourante, qui jusqu'alors avait été
peu sensible, s'éleva pendant quelques instans et s'éteignit tout-à-
fait.

Le comte Alexandre vint bai-
ser la main glacée de sa mère;
deux larmes coulaient sur ses
joues, il s'arrêta un moment, puis
se retournant précipitamment vers
son père qui était demeuré immobile, il l'entraîna hors de l'appartement. Henri se leva lentement, et les suivit. Le médecin
s'approcha de la Palatine; elle avait

les yeux fermés; il prit un mou-
choir qui se trouvait sur une petite table, le déploya, le passa
sous le menton de la défunte pour
prévenir l'altération des traits, et
l'assujétit dans les cheveux, puis
il alla préparer tout ce qui était nécessaire pour embaumer le corps,
dès le lendemain. Peu à peu la
foule s'écoula sans bruit; quelques femmes s'approchèrent du
lit, saluèrent en silence celle qui
avait été leur bienfaitrice, et dé-
posèrent près du petit crucifix d'or
qu'on avait placé sur la poitrine
de la défunte, soit une image de
la Vierge, soit une relique pré-
cieuse, et dans leur pieuse sim-
plicité chacune croyait à son of-

frande une grande influence sur le salut de sa maîtresse.

Le prêtre resté seul ouvrit un livre de prières et s'assit. Vers les deux heures une porte s'ouvrit, et Henri parut; il vint se placer près du lit, prit une des mains de sa mère, et détournant la tête il s'appuya contre un angle de la cheminée : — Je suis son fils, dit-il d'une voix faible au prêtre qui paraissait surpris; j'ai le droit de veiller près d'elle, et je viens prier avec vous.

CHAPITRE VI.

Six mois venaient de s'écouler depuis ce douloureux événement. On était au milieu de l'hiver, et le prince Witold, que des affaires de tout genre avaient tenu éloigné, venait d'arriver à Varsovie; voulant dans quelques heures se mettre au courant de ce qui se passait dans cette ville, il se fit conduire chez le comte Ladislas. Après quelques momens consacrés au plaisir de se retrouver ensemble, Ladislas satisfit ainsi la curiosité de son ami : « Un grand nombre de familles ont quitté Varsovie. D'autres tenant à leurs habitudes restent, et chaque jour projettent de partir. On se réunit encore, mais ces assemblées sont sans charme et sans concorde ; une contrainte habituelle y règne, on s'observe, on se défie les uns des autres. De grandes craintes agitent les esprits, chacun se dit qu'il est impossible d'éviter le joug de la Russie, mais chacun aussi en raisonne différemment. Le mot patrie est dans toutes

les bouches, mais beaucoup au
fond du cœur songent par-dessus
tout à conserver leur fortune et leur
crédit; leur langage a cette prudence qui sait se ménager deux
ressources à la fois. D'autres se
sont fait une loi de garder sur
tout un profond silence. Leur
adresse-t-on une question, leur
annonce-t-on une nouvelle, le
même air sérieux, important, distrait, accueille le narrateur de
tous les partis; il est presque impossible de deviner s'ils sont déjà
instruits de ce qu'on veut leur
communiquer, ou s'ils dédaignent
de l'apprendre. Cette réserve, ce
peu de franchise donne quelque
chose de glacial à une partie de la

société, tandis que l'autre, ouvertement opposée, montre une animosité qui a sans doute plus d'une cause et dont la politique est le prétexte. Son grand nom couvre toutes les petites haines, les petites jalousies. On n'osait pas avouer qu'on enviait les succès de tel personnage, son nom, sa faveur, peut-être son esprit, mais on ose avouer qu'on déteste sa manière de voir, son opinion enfin; et l'on donne une apparence de noblesse à tout ce qu'il y a de plus vil. J'ai souvent entendu dire que les guerres de religion étaient les plus cruelles; c'est sans doute parce que le nom qu'elles se donnent est le plus saint, et qu'à son abri on croit pouvoir se permettre tous les crimes. Ce que je vois ici chaque jour semble m'en donner l'assurance ; vous ne sauriez concevoir avec quelle adresse, avec quelle perfidie on se sert des mots les plus sacrés pour satisfaire ses passions. L'amour national, le bien de la patrie, voilà toujours la cause et le but de chaque vengeance, de chaque noirceur. »

—Mais vous êtes effrayant, dit Witold d'un ton chagrin ; je sais bien que les familles les plus dévouées à leur pays ont été obligées de quitter Varsovie, mais n'en reste-t-il plus d'estimables?

—Pardon, il en reste beaucoup, mais en génér les choses vont

comme je viens de vous le racon-
ter, et tout ici me semble bouleversé. Des personnes qui parais-
saient se vouloir du bien ne se
regardent plus ni ne se saluent.
D'autres qui ne s'estimaient pas,
qui ne se voyaient jamais, sont
maintenant inséparables ; elles
n'ont pas la même manière de
penser peut-être, mais elles par-
lent l'une comme l'autre, et cela
suffit. Ainsi que dans certaines so-
ciétés c'est souvent l'habit qui
décide du mérite d'un homme,
dans la nôtre ce sont maintenant
les mots et non les actions qui
sont la base d'un jugement.

— Et les femmes?

— Les femmes! je crois en vé-

rité qu'elles valent mieux que nous;
il y a cependant aussi quelques reproches à leur faire. Plusieurs restent chez elles; ce sont celles qui
agissent le plus sagement. La plupart de nos salons sont remplis
d'uniformes russes. Vous savez
que le prince Repnin est ici; les
seigneurs les plus opposés à la Russie l'invitent, et l'on discute devant lui comme s'il n'y était pas,
ce qui manque également de prudence et de dignité. Mais il suffit
qu'une tête inconsidérée ait mis
ces réunions à la mode. Dans le
monde l'usage est une pente glis-
sante que chacun suit sans pouvoir s'arrêter. D'abord la plupart
des jeunes femmes refusèrent

sous différens prétextes de danser
avec nos galans adversaires. Elles
affectèrent une mise fort simple.
Au lieu de chercher à plaire, elles
semblaient le redouter. Une d'elles poussa même l'abnégation jusqu'à inventer une mode qui ca-
chait entièrement la taille; il y
avait dans cette idée beaucoup de
grandeur d'âme, car vous savez que
nos voisins sont de vifs admira-
teurs de la grâce polonaise. Voilà
donc, par une pensée profonde et
mise aussitôt à exécution, toutes
leurs espérances confondues ; le
moyen de pénétrer à travers l'é-
toffe épaisse de deux énormes pé-
lerines qui tombaient presque jusqu'aux genoux ? Tout cela était

bien beau, bien louable, bien aimable pour nous, mais malheureusement tout cela ne dura pas. Leur parure de bal est maintenant presque aussi légère que celles des nymphes de Diane, et elles valsent avec des officiers russes avec autant de grâce pour le moins qu'avec nous.

— Le comte Alexandre de S*** est-il dans ce moment à Varsovie?

— Oui; toujours le même, travaillant sourdement pour Catherine, et par cette raison parfaitement bien avec le roi.— En effet, Stanislas offre dans ce moment-ci à l'Europe l'étrange spectacle d'un monarque conspirant contre ses propres sujets en faveur d'une cour ennemie. Si la Palatine vivait encore, aurait-il osé navrer le cœur de sa mère par une conduite si opposée à ses principes?

— Il a bien signé la confédération de Targowice.

— C'est vrai. Et le Palatin ?

— C'est un homme entièrement nul maintenant; ses idées ont subi le même sort que sa vue; il ne voit plus à dix pas, et ne pense plus qu'autour de lui.

— Et.....

— Et sa fille, voulez vous dire? La comtesse Olésia ne se montre nulle part, et par conséquent je n'ai pu la voir.

— Comment! depuis six mois!

— Elle est toujours en grand

deuil. Cette maison est devenue excessivement triste ; le Palatin n'a pas encore reçu ; le comte Alexandre est toujours à la cour ; et Olésia passe ses journées avec Henri, le plus jeune de ses frères.

— A-t-on mis près d'elle une femme respectable qui puisse, dans certaines occasions, remplacer sa mère ?

— Non, elle est absolument seule ; on parla d'abord de cette singularité, maintenant on n'y pense plus. Comme je vous l'ai dit, Olésia ne sort jamais ; ma mère la voit, mais bien rarement ; les visites semblent la contrarier. Quelques jours après son malheur, ses plus proches parens essayèrent de la consoler, mais ils s'aperçurent bientôt que leurs soins étaient inutiles. Elle ne pleure plus, elle est calme, mais d'une tristesse que rien ne peut vaincre. On attend la fin de son deuil pour l'habituer tout doucement à rentrer dans le monde. A cette époque-là, vous aurez sans doute plus que tout autre un libre accès chez son père; ce qu'on a tenté en vain vous l'accomplirez sans peine; c'est à vous qu'il est réservé de la consoler. Si vous désirez la voir plus tôt, vous le pouvez facilement par l'entremise de ma mère; j'espère que sous votre protection je parviendrai à me glisser entre vous deux. Je commence à m'apercevoir qu'il y a bien long-temps que je n'ai vu ma belle cousine.

— Mais, si je ne me trompe, vous la vîtes pour la dernière fois à la même époque que moi; c'était à la fête de Willanow, vous sembliez avoir un pressentiment de cette longue séparation, car vous ne la quittâtes pas de la soirée.

—Vous avez une mémoire prodigieuse, dit le comte Ladislas en souriant; je crois me rappeler aussi que vos regards froids et sévères m'apprirent que mon assiduité ne vous faisait pas plaisir.

—Un ami, d'après la confidence qu'il venait de vous faire, n'avait-il pas le droit de trouver votre

conduite étrange, et d'en concevoir
des inquiétudes pour l'avenir ?

—Ah ! ceci est de trop, s'écria le
comte Ladislas un peu piqué; je
suis léger sans doute, mais de la légèreté à la perfidie il y a une distance que je n'ai point l'intention de
franchir. Witold pressa la main de
son ami, et voulut prendre la parole; mais Ladislas continua : — J'ai
toujours trouvé Olésia charmante,
et il me semble que lorsque je l'a-
perçus après votre confidence, je la
trouvai encore plus jolie. J'avoue à
ma honte, devant un sage comme
vous, qu'en voyant marier une
jeune et belle personne, j'ai souvent songé que ce n'était point un
malheur irréparable pour ceux

qui ne l'épousaient pas. En pensant qu'Olésia deviendrait bientôt votre épouse, j'éprouvais un sentiment tout contraire; elle allait devenir un objet sacré pour moi, je charmais mes regrets en profitant de chaque minute qui me restait encore; et en m'occupant exclusivement d'elle, je lui faisais d'éternels adieux.

Witold sourit; il allait répondre, lorsqu'on annonça une visite. Au même moment le comte Henri de S*** entra dans l'appartement. Witold ne le vit pas sans être ému, c'était le frère bien aimé d'Olésia. Il lui prit la main avec cordialité, puis il exprima d'un air touché les regrets qu'il éprouvait du mal-

heur arrivé pendant son absence.
Henri ne songeait jamais à sa
mère sans qu'une vive émotion ne
se peignît aussitôt sur son visage ;
il ne fit point de réponse, mais il
serra tristement la main qu'il tenait.

Le comte Ladislas voulant faire
diversion à cette scène muette et
douleureuse, demanda au comte
Henri s'il avait des nouvelles de
Grodno. Cette ville était alors le
théâtre de débats bien importans
pour la Pologne. On y avait as-
semblé une diète plutôt par force
que par gré.—J'en ai reçu ce matin
même, répondit le comte Henri.

—Eh bien? dirent en même
temps les deux amis avec l'air du
plus vif intérêt.

— Eh bien, il serait impossible qu'elles fussent plus mauvaises. On devait s'y attendre. Le roi de Prusse et l'impératrice de Russie, maîtres des opinions, étouffent les voix qu'ils n'ont pu gagner; enfin il est plus que probable qu'un second démembrement de la Pologne est sur le point d'être approuvé et sanctionné dans une assemblée de Polonais.

—Quelle honte! s'écria le prince Witold en se levant de son siége, et faisant quelques pas dans l'appartement; quelle indignité! et nous le souffririons?

— Nous devons en gémir sans doute, répondit le comte Henri avec le calme qui lui était habituel,

mais nous ne pouvons l'empêcher.
Nous sommes peu, et ne sommes
point unis. Nos adversaires sont
innombrables, et en général il règne un grand accord pour mal
faire. Mais, Messieurs, savez-vous
quelles sont nos fautes, nos crimes
plutôt? On nous accuse de jacobi-
nisme. On prétend cette maladie
contagieuse, et l'on craint que
nous ne la communiquions à la
Russie. La France, qui en est in-
fectée, a, dit-on, lancé ce venin jusqu'à nous. Il a passé tranquillement sur l'Allemagne, sans produire aucun effet funeste, mais
c'est en Pologne qu'il a établi un
nouveau foyer propre à embraser
tout le nord. Le mal, si l'on en

croit nos généreux protecteurs, sera coupé dans sa racine. Mais vous savez que lorsqu'une plaie est formée, on apporte tous ses soins à en circonscrire l'étendue, on sauve si l'on peut de ses ravages tout ce qui l'entoure. C'est par la même raison sans doute qu'on veut resserrer la Pologne dans les bornes les plus étroites, afin de sauver le plus de provinces possibles de cet esprit d'insurrection dont nous donnons un si funeste exemple. Enfin, Messieurs, nous sommes des turbulens, des factieux, qu'il faut mettre à la raison.

—Ainsi, prince Witold, dit Ladislas en riant, vous êtes jacobin, vous voulez renverser la no-

blesse; je ne m'en serais jamais
douté.

— Ce n'est pas tout encore,
reprit le comte Henri. On nous
accuse d'une horrible conspiration
contre les Russes qui couvrent
notre malheureux pays. Je suis
persuadé qu'aucun Polonais n'en
a eu la pensée; et cette accusa-
tion prouve seulement que nos
oppresseurs supposent leur des-
potisme capable d'en faire naître
l'idée. De nouvelles Vêpres sici-
liennes ont, dit-on, été résolues.
Nous voulons égorger tous les
étrangers qui sont dans notre patrie. J'en appelle non-seulement
à votre cœur, Messieurs, mais encore à votre mémoire: est-ce dans

l'histoire de Pologne qu'on a pu prendre une pareille idée du caractère polonais? De toutes les pages qui conservent les actions des différens peuples de l'Europe, les nôtres sont les moins ensanglantées.

— En lisant l'histoire de nos accusateurs au contraire, interrompit vivement le prince Witold, on croirait continuer celle du Bas-Empire.—Mais, ajouta-t-il en se promenant à grands pas dans l'appartement, et se parlant à lui-même, quel horrible tissu de contradictions et de faussetés! Nous sommes imbus des principes de la révolution française! En effet cela nous serait avanta-

géux. Quelle insultante ironie !
Ah ! ma pauvre patrie, combien l'on te craint peu, puisqu'on
ne daigne pas même prendre la
peine de te tromper ! — Et, dit-il
en se rapprochant de Henri, l'impératrice ne trouve-t-elle aucune
opposition ? Parmi les Nonces qui
sont maintenant à Grodno, il y en
a d'un caractère aussi ferme qu'ir-
réprochable.

— Ils en ont donné des preuves
sublimes. Neuf ont été arrêtés.
Enfin la diète n'a point encore
signé le nouveau démembrement.
Les propos les plus effrayans n'ont
pu les ébranler. Qui le croirait ?
on a menacé cette auguste assemblée d'obtenir par la force

les demandes qui étaient si courageusement refusées, et de la livrer à la fureur du soldat ! — «Quand Rome fut saccagée par les barbares, dit un des Nonces avec une indignation calme comme son courage, les sénateurs romains ne quittèrent point leur chaise curule; on nous verra comme eux, avec le même silence, braver le même supplice. Périssons avec honneur, dignes de l'estime des autres puissances, et ne nous couvrons pas d'une honte éternelle dans l'espoir illusoire de sauver le reste de la patrie. » Dans une autre séance on les menaça de la Sibérie. — « Ses déserts, dit l'un d'eux, ne seront point sans charme pour nous; tout nous y retracera notre dévouement : et se tournant vers le roi, il ajouta d'une voix suppliante : — Sire, Sire, marchez à notre tête, conduisez-nous en Sibérie ; notre amour vous y consolera, et votre vertu et la nôtre couvriront de honte nos ennemis.» Ce noble élan d'une âme magnanime se communiqua spontanément à toute l'assemblée. — *En Sibérie ! en Sibérie !* s'écria-t-on de toute part. Et ces courageux Polonais demandaient l'exil le plus effroyable, avec l'accent dont on implore une grâce.

En entendant ces paroles, Ladislas ému jusqu'aux larmes, s'é-

lança vers le comte Henri, saisit
sa main, et la serrant avec vivacité il semblait lui dire : — Nous
aussi, malgré notre jeunesse, nous
aurions parlé ainsi. Le prince Witold, dont l'âme était si capable
de comprendre une belle action,
sentit son corps frissonner et son
visage se couvrir de cette sueur
glaciale qu'une profonde émotion
suscite. Au récit d'un si noble
dévouement, il joignit les mains
en les élevant un instant, puis les
laissant retomber avec découra-
gement, et les serrant avec force
l'une contre l'autre, son regard
sombre se dirigea vers le ciel,
comme pour lui demander compte
de son abandon.

Peu de temps suffit pour réa-
liser les craintes que le comte
Henri avait témoignées; à l'aide
de la violence et de la terreur le
second démembrement de la Pologne fut sanctionné.

Le prince Witold éprouvait le
plus vif désir de revoir Olésia;
depuis un mois qu'il était de retour
à Varsovie, il ne l'avait point encore aperçue. Plusieurs fois il s'était
présenté chez le Palatin, mais ce
dernier l'avait toujours reçu dans
son cabinet; il ignorait entièrement les rapports du prince et de
sa fille. Witold, avant de se dé-
clarer ouvertement, voulait causer un moment avec Olésia; depuis une année de séparation, il

avait mille choses à dire, à apprendre : de grands changemens
peuvent être le résultat d'une
moins longue absence. La solitude
dans laquelle elle vivait, le peu
d'empressement qu'elle mettait à
le rencontrer, tout troublait Witold et l'inquiétait malgré lui. Un
jour, étant à pied et passant devant le palais du Palatin de S***,
il y entra, monta quelques mar-
ches, et rencontrant un domesti-
que, il se fit annoncer chez le
comte Henri, pour lequel il avait
pris une véritable amitié. Le jeune
comte était sorti.

En descendant, Witold passa
devant les anciens appartemens
de la Palatine; le vestibule était

ouvert ainsi qu'un premier salon;
cette pièce, très-vaste, était meu-
blée moins somptueusement que
les autres; il se rappela que dans
l'enfance d'Olésia et de ses frères,
c'était celle qu'on abandonnait à
leurs jeux. Poussé par une émotion à laquelle il lui fut impossible de résister, il entra dans le
salon. Que de pensées vinrent l'assaillir dans ce lieu! il y avait passé
les plus beaux jours de sa vie! Ses
regards, parcourant avidement les
différens espaces, auraient voulu
les embrasser tous à la fois; chacun était marqué par un souvenir.
Il se rappelait surtout avec délices
ce temps où des jeux moins fa-
miliers et moins bruyans succé-

dèrent aux jeux de l'enfance; ce temps où les traits d'Olésia chan-gèrent d'expression, où sa voix changea d'accent, où la sensibilité se peignit dans des yeux jusqu'a-lors animés par le plaisir. Qu'ils ont d'attrait les regards qui vien-nent du cœur !

Absorbé dans ses réflexions, Witold ne faisait point attention que quelqu'un marchait dans la pièce voisine, il crut reconnaître qu'on changeait un fauteuil de place; bientôt il entendit le son mélodieux d'une harpe, une main savante errait sur les cordes, et sans suite, sans intention, elle en tirait de doux accords. Il n'en pouvait douter, c'était Olésia. Il s'avança près de la porte, et n'étant plus maître de lui, il entra.

C'était Olésia en effet ; il était à dix pas d'elle, et elle n'avait point encore levé les yeux : habituée à la plus grande solitude, ne recevant jamais, elle voyait machinalement quelqu'un s'avancer vers elle, et supposait que c'était un des gens de son père. Elle était debout, une main posée sur sa harpe ; l'autre, appuyée sur un pupitre, feuilletait un cahier de musique. Bientôt elle s'assit, regarda le morceau qu'elle allait jouer, et ses yeux se portèrent ensuite sur un tableau devant lequel elle était placée. C'était un portrait frappant de la Palatine ;

Olésia le contempla d'un air triste, puis mettant avec vivacité ses deux mains sur son visage, elle s'abandonna quelques instans à la plus douloureuse rêverie. C'était l'heure à laquelle elle faisait autrefois de la musique ; le morceau qu'elle se disposait à jouer était le dernier que sa mère avait entendu ; il lui avait plu : tous ces souvenirs déchiraient son cœur. Tout à coup se rappelant cette personne qu'elle avait cru entrevoir, et qui était maintenant arrêtée devant elle, elle tourna les yeux de son côté. En apercevant le prince, son cœur se serra de surprise et d'émotion.—O mon Dieu ! s'écria-t-elle en pâlissant. Witold

se précipita vers elle; il ne songea
point à s'excuser de sa démarche,
elle ne songeait pas davantage à
lui en demander l'explication.
D'une main elle essuyait les larmes qui s'échappaient de ses yeux;
elle avait abandonné l'autre au
prince, qui la baisait avec autant
de respect que d'amour.

Depuis près d'une année c'était
le premier moment de bonheur
qu'éprouvait Olésia; il fut court
comme la plupart des joies de la
terre. Bercée par une de ces illu-
sions qui flattent, séduisent et
trompent la douleur, elle perdit
pendant quelques minutes la fa-
culté de réfléchir et de se rappeler sa position. Elle revoyait Wi-

told témoin de son bonheur passé, et il lui semblait que rien n'était changé dans son sort. Elle songeait à sa mère avec la plus douce émotion, car elle la croyait encore auprès d'elle; elle la cherchait des yeux; elle fut prête à l'appeler; ce nom en expirant sur ses lèvres la rendit à elle-même, et le réveil fut affreux. Ce fut dans ce moment qu'elle reconnut bien réellement Witold; le reste avait été un songe. Changeant alors d'expression et de contenance, elle retira la main, que le prince tenait encore, puis indiquant un siége elle l'invita à s'asseoir.

Olésia possédait une trop grande habitude du monde, et connaissait

assez le caractère de Witold pour
ne point se trouver embarrassée
d'être seule avec lui. Avec cette amabilité particulière aux Polonaises,
et cet art naturel à presque toutes
les femmes, elle causa, et sut diri-
ger la conversation de manière à
éviter sans affectation tous les sujets
qu'elle ne voulait pas traiter. Witold en la quittant était enchanté
de son esprit, de ses grâces, enfin
plus amoureux que jamais; mais il
n'avait rien appris de ce qu'il désirait savoir; il s'en aperçut quand
il fut seul.

Ce n'est point dans les momens
d'une vive émotion qu'on peut
être frappé d'un changement
quelconque. En revoyant après

une longue absence un objet ou
des lieux chéris, c'est le cœur
seul qui agit en nous, et c'est lui
qui les reconnaît. Mais, plus tard,
lorsque le calme succède, la mémoire, comme une glace perfide,
reproduit devant nos yeux l'empreinte et le travail du temps.
C'est l'instant où se manifestent
les impressions qu'on avait reçues
sans le savoir; on s'aperçoit enfin
que ce qu'on retrouve n'est point
ce qu'on a laissé, et ce moment
d'angoisses est plus pénible que
toutes les peines de l'absence.

Lorsque le prince Witold ré-
fléchit à l'entrevue qu'il venait
d'avoir, il ne put s'empêcher de
reconnaître qu'il s'était fait de

grands changemens dans Olésia. Il retrouvait sa beauté, son esprit, tous ses charmes; mais cet amour qu'il avait cru lui inspirer, qu'é- tait-il devenu? Pas un mot ne le lui avait rappelé. — Cette émotion qu'elle laissa d'abord paraître, se dit-il, n'est que l'effet de la sur- prise et de douloureux souvenirs. Rien dans cette émotion n'était pour moi; si elle m'aimait encore, pourquoi cette réserve qui ne con- vient plus entre nous deux? N'a- t-elle pas reçu mes sermens? Ne se rappelle-t-elle plus ce jour où je la choisis solennellement pour la compagne de ma vie? Avec quelle adresse elle évitait de me répondre! avec quel art elle sé-

duisait mon esprit; Witold résolut de tout employer pour la revoir encore; il y trouva moins de
difficulté qu'il ne l'avait supposé.
Olésia répondit enfin aux pres-
santes sollicitations de sa parente
la comtesse de G..., et passa souvent la soirée chez elle; Ladislas
alors faisait prévenir son ami
qu'Olésia était chez sa mère.

Sincèrement attaché à sa cousine, le comte Ladislas souffrait
de voir cette charmante personne
s'enfermer obstinément chez elle,
et se refuser non-seulement aux
plaisirs, mais à toute espèce de
distraction. Il était rempli d'égards
et de prévenances pour elle; mais
de crainte d'éveiller la jalousie de

Witold, il s'étudiait à mettre dans ses soins cette franchise, cette bonhomie dénuée de 'prétention qu'on emploie près d'une sœur chérie. Il essayait de l'engager à reparaître peu à peu dans le monde; mais tous ses efforts étaient vains, elle ne voulait voir que sa famille.

Un soir qu'Olésia se trouvait chez la comtesse, il arriva successivement plusieurs personnes; elle eût voulu se retirer, mais elle causait alors avec une dame dont le grand âge, les vertus, le rang méritaient tous ses égards, elle se vit contrainte de rester. Bientôt elle fit partie d'un cercle nombreux. La plupart de ceux qui se trouvaient dans le salon ne l'avaient pas vue depuis la mort de sa mère, et la constance de sa douleur commençait à faire du bruit. Dans le grand monde la curiosité prend souvent l'apparence de la bienveillance : elle se satisfait comme ailleurs, mais avec des formes plus aimables. Le maintien d'Olésia fut rempli de naturel et de modestie; elle n'évita ni ne rechercha l'attention; mais lorsque la comtesse Eléonore s'approcha d'elle, Olésia pâlit, rougit, et se troubla; cette petite scène fut imperceptible pour d'autres yeux que ceux de Witold et de Ladislas. Olésia, promptement remise, répon-

dit avec une grande froideur aux
complimens forcés de la comtesse.

Witold espérait que cette soirée ne se terminerait pas sans
qu'il pût obtenir d'Olésia un entretien particulier. Tout le favori-
sait : on faisait de la musique ;
plusieurs personnes étaient près
d'un piano ; d'autres dispersées
dans le salon causaient à demi-
voix ; la vieille dame à côté
de laquelle Olésia était assise
venait de se lever ; elle désirait
passer dans le salon où l'on jouait.
Witold lui offrit son bras, mais
avant, il jeta les yeux sur le siége
qu'elle venait de quitter, et les re-
portant avec expression sur Olésia il sembla la supplier de l'at-

tendre. Il revint promptement, mais elle avait disparu. Ladislas remarquant la tristesse de son ami vint le rejoindre. — Elle est partie, lui dit Witold, j'ignore quand je pourrai la revoir; elle sait tout le bonheur que me cause sa présence, et ne me sacrifierait pas un quart d'heure. Ah! je le vois, ajouta-t-il avec un sourire plein d'amertume, tous mes projets étaient insensés, mes espérances chimériques; elle ne m'aimera jamais. Mon ami, dit Witold en prenant la main de Ladislas, je suis bien malheureux; et le visage de Witold exprimait en effet la plus profonde douleur. Il se fit un moment de silence;

Ladislas le rompit le premier·

— Je ne vous comprends p as,
dit-il; est-ce bien vous, prince
Witold, qui ne pouvez supporter sans impatience un moment
de contrariété?

— Je n'éprouve point d'impatience, dit Witold d'un ton
calme, mais mon cœur est navré.

— Navré! expliquez-vous de
grâce, vous me causez autant de
surprise que d'alarmes.

— Auparavant permettez-moi
de vous adresser une question :
Vous avez passé à Varsovie presque tout le temps de mon absence; j'ai su par vous qu'Olésia
triste et retirée ne voyait personne;
vous m'apprîtes aussi que le Pa-

latin ne recevait pas; mais êtes-
vous bien sûr qu'il n'admit jamais
dans son intimité un jeune Russe,
le comte Jgor Sch***? En faisant
cette question les lèvres du prince
tremblaient.

— Je l'ignore, mais vous me
rappelez qu'un jeune Russe, portant en effet ce nom, demanda la
main d'Olésia il y a peut-être
trois mois.

— Grand Dieu! dit Witold
avec un mouvement d'impatience,
pourquoi ne pas me l'avoir appris
plus tôt?

— Je l'avais oublié, parce que
je n'y attachais aucune importance. Mais vous connaissez donc
le colonel Jgor?

— Je le rencontre partout. Les lieux où mon cœur me conduit sont toujours ceux où je le trouve; j'ai facilement deviné pourquoi. Enfin, ajouta Witold avec le plus grand dédain, j'ai un rival.

— Que vous importe ?

— Le Palatin ignore que j'ai demandé la main de sa fille.

— Olésia le sait, et vous pouvez compter sur elle.

Witold se tut pendant quelques minutes, hésita, et dit enfin : —Non, je ne le crois plus. Il se hâta d'ajouter : — Je veux la voir, je veux lui parler sans témoins. Il serait inconvenant que je me présentasse chez elle, et je vais me confier à votre mère. Olésia me doit une relation sincère de tout ce qui s'est passé pendant mon absence. Le moment de crise où se trouve la Pologne, les résultats probables qui en naîtront, l'incertitude de nos fortunes, donnent à l'alliance du comte Jgor Sch*** un avantage sur la mienne, qui ne peut manquer d'être apprécié par le comte Alexandre ; je ne veux point voir mon nom balancé avec le sien. Si le colonel n'a pas été formellement refusé, je ne renouvellerai point ma demande.

— Ah! prince Witold, dit Ladislas avec vivacité, pourriez-vous sacrifier le bonheur de ma cousine à la plus puérile vanité?

5*

—Son bonheur ne dépend plus de moi; elle ne m'aime pas. Ladislas allait témoigner son incrédulité, mais Witold reprit:—Elle ne m'aime pas, vous dis-je; un cœur aussi passionné que le mien ne se trompera jamais; cette soirée n'est pas la première qui m'en ait convaincu. Depuis un mois je la rencontre souvent ici; dans les premiers momens, enivré du souvenir de sa tendresse, je me refusais à la vérité. Je vous le répète, elle ne m'aime pas, ou bien il existe un étrange mystère dont les conséquences m'abusent. Olésia possède un trop grand empire sur elle-même pour qu'il soit possible de lire facile-

ment dans son cœur; cependant
je crois avoir découvert qu'elle
est secrètement tourmentée; j'at-
tribuai dans le principe l'humeur
inégale qu'elle montre souvent,
sa préoccupation continuelle, ses
regards sombres et distraits
qu'elle dirige également et sur celui qui l'aime et sur les indiffé-
rens, au chagrin violent que lui
causait la mort de sa mère; mais
la douleur, les regrets d'un objet
chéri ne portent point ce caractère.
Non! l'imagination d'Olésia est
remplie d'un projet, d'une crainte,
ou d'un secret qu'elle voudrait
et n'ose me confier. Ce que vous
venez de m'apprendre éclaircit la
plupart de mes doutes; elle est

femme, elle a changé.—L'amour ne me rend point injuste, ajouta le prince Witold en s'efforçant de sourire; le colonel Jgor possède tout ce qu'il faut pour la justifier. Olésia n'a pas un mauvais cœur, et la tristesse qui l'accable en ma présence vient du remords de me croire abusé.

— Avec quelle facilité, répondit Ladislas, l'esprit le plus sage peut se créer des chimères! Amour! amour! dit-il en riant, il y a long-temps que je t'ai rendu les armes, mais je m'humilie plus profondément encore devant ta puissance quand je te vois subjuguer les superbes. Prince Witold, bannissez toute inquiétude; Olésia

vous aime, elle n'est point capable
de changer ; à son âge on ne sait
pas feindre, on ne sait pas encore
voir sans regarder, et ses yeux
vous cherchent sans cesse. Expliquez-vous avec elle, parlez-lui
avec franchise, et sans retard
adressez-vous à son père. Mettez
dans votre conduite cette simpli-
cité, cette déférence qu'exige la
nature de votre demande ; de
toutes ces petites concessions dépend peut-être votre bonheur. Je
sais qu'une famille où vous désirez entrer doit s'en trouver ho-
norée, mais croyez aussi que le
don d'une femme belle et ver-
tueuse mérite tous les sacrifices
que vous craignez de hasarder. La

tristesse d'Olésia est aussi natu-
relle que la perte qu'elle a faite
est grande. Est-ce à vous de lui
en faire un crime, lorsque c'est
vous seul qui pourriez la consoler?

— Dieu m'est témoin que c'est
tout ce que mon cœur demande,
mais elle repousse les consola-
tions. Jamais, dans nos entretiens,
elle n'a prononcé le nom de sa
mère; elle semble dédaigner de se
plaindre; mais j'ai surpris de l'in-
justice dans ses pensées. Cette
Olésia dont la piété sincère devrait être si résignée, se révolte
contre la providence; on dirait
que le malheur qui l'accable n'a
jamais frappé qu'elle seule. Il y a

dans sa douleur une sécheresse
qui n'est point de son âge, dans
ses paroles cette ironie triste et
défiante qui ne devrait naître que
d'un cœur désabusé ou flétri.
Enfin, je vous l'ai déjà dit, il
existe dans tout son être quelque
chose que je ne comprends plus.
Mais, dit Ladislas comme frappé
d'une idée subite, ne la croiriez-
vous pas susceptible d'un peu de
jalousie?

— Qui peut vous donner un
semblable soupçon?

— Je vous avoue que j'ai été
frappé ce soir de l'impression qu'a
produite sur Olésia la comtesse
Eléonore; elle ne peut ignorer
qu'il y a quelques années on

vous disait occupé de cette
jeune dame; c'était du moins la
seule que vous paraissiez remarquer.

— Olésia n'avait point encore
paru dans le monde, mais je vous
ai dit que depuis son enfance elle
avait produit sur moi la plus vive
impression. Jamais la comtesse
Eléonore ne m'inspira d'amour,
son esprit me plaisait, sa conversation me paraissait piquante, et
j'attendais près d'elle celle que je
devais aimer.

Vous auriez dû l'en avertir,
répondit Ladislas en souriant,
vous lui auriez épargné le dépit
qu'elle éprouva lorsqu'elle s'en
est aperçue. Voilà deux femmes

qui ne s'aimeront jamais, et vous en êtes évidemment la cause.

— Je connais un autre motif qui justifie la froideur d'Olésia pour la comtesse, dit Witold se rappelant en ce moment la scène nocturne du parc de Willanow. Non, ajouta-t-il d'un air triste, Olésia n'est point jalouse, et il soupira aussi profondément que s'il eût dit : — Olésia ne m'aime pas !

Le lendemain de cet entretien, Witold se rendit vers le soir dans le jardin de Saxe, promenade charmante au milieu de Varsovie. Quelques hommes étaient assis dans la grande allée ; on n'y voyait point encore de femmes ; il alla se placer dans un endroit écarté, et repassant dans son esprit la soirée de la veille il se confirma de plus en plus dans la résolution d'obtenir un entrevue chez la comtesse de G....

—Que vais-je apprendre? se demanda-t-il; quelle confidence vais-je exiger d'Olésia? Celle de son amour pour un autre. Osera-t-elle m'en faire l'aveu? pourrai-je en supporter le récit? Non, non; il vaut mieux l'éviter, la fuir à jamais. Et cependant, si elle m'aimait encore? La pensée de Witold s'arrêta sur ce mot. Il repoussa pour un instant les soupçons, les craintes, la jalousie; mais bientôt, comme un torrent

qui force ses digues, tous ces chagrins débordèrent dans son cœur.
—Illusion, se dit-il avec désespoir,
tu me berces encore sur le bord
de l'abîme. Insensé! comment
puis-je m'abuser? Je ne suis plus
ici devant un ami, confiant mes
peines et tâchant d'atténuer les
torts de celle qui les cause; je
suis seul avec mon cœur; puis-je
le tromper sur le nombre de ses
blessures? Non, ajouta Witold,
se livrant de plus en plus à sa
sombre rêverie; je puis tout m'a-
vouer à moi-même. Les yeux
d'Olésia craignent de rencontrer
les miens. Quels ont été jusqu'ici
nos entretiens? Des raisonnemens
métaphysiques, où je me trouve

entraîné malgré moi. Son esprit
est juste, il me semblait que le
mien l'était aussi, et cependant
nous ne sommes jamais d'accord;
si je défends ce qui est établi,
elle expose ce qui devrait l'être.
J'avoue qu'il est impossible d'a-
voir des idées plus vraies sur la
vertu, d'exprimer des sentimens
plus nobles; elle n'exagère point,
mais on dirait qu'elle a vécu jusqu'ici dans un monde imaginaire,
ou du moins qu'elle a étudié ce
qu'on devrait faire dans celui-ci,
et non pas ce qu'on y fait. Les
préjugés lui inspirent du dédain,
ils la révoltent, et cependant elle
ne me laisse pas ignorer qu'elle
m'en suppose. Est-ce ainsi qu'on

se conduit avec ce qu'on aime? Ces matières ne sont point traitées avec cet abandon qui présente une opinion sans y attacher d'importance, mais avec cette fermeté de conviction, avec cette froide franchise qui semble se faire un devoir de se montrer dans toute sa rudesse. Si je m'étonne, si je la blâme, soudain elle se tait et s'embarrasse; j'ai vu ses joues se couvrir de rougeur, mais ce n'était point cette confusion charmante qui prête des grâces nouvelles à celle qui l'éprouve, c'était ce sentiment pénible qui malgré lui dévoile un tort. Elle ne m'aime plus! et quel est celui qui me remplace! Grand Dieu! aurais-je cru qu'une semblable humiliation m'était réservée!

En ce moment un bruit se fit entendre et le tira de sa rêverie; quelqu'un passait devant Witold; il reconnut que c'était un militaire au retentissement d'un sabre qui de temps en temps frappait la terre. Il leva les yeux; tout à coup son visage changea d'expression et prit un calme dédaigneux; il se leva pour quitter le jardin de Saxe; il avait reconnu le colonel Jgor.

En traversant la grande allée, Witold la trouva remplie d'une société choisie. Il chercha pendant quelques minutes la comtesse de G..., pensant que peut-être Olésia l'aurait suivie. Parmi les jeunes personnes, la même mode donne à des tailles différentes une apparence de ressemblance; l'ensemble de leur toilette présente souvent au premier coup d'œil une sorte d'uniformité; mais quelle variété dans les détails! Witold fuyait les fleurs, les plumes bleues et couleur de rose; leurs nuances étaient encore défendues à Olésia. Mais combien de fois une parure entièrement blanche fit palpiter son cœur! Il s'approchait alors; ce n'était point elle. Las de ces mécomptes il quitta le jardin.

Witold avait déjà traversé une partie de la place de Saxe, et se dirigeait vers le nouveau monde, lorsqu'il aperçut, près de l'église du couvent de la Visitation, un laquais qui portait la livrée du Palatin; il revint sur ses pas, s'approcha du couvent, et découvrit une voiture dont il reconnut les armes.—Elle est ici, se dit-il, et au même instant il entra dans l'église. Elevé dans un profond respect de la religion catholique, il aurait cru profaner un de ses temples en se permettant de distraire la piété d'Olésia, et de la remplacer par des pensées d'amour; il ne voulait point en être remarqué, il ne désirait que la voir. Il avança sans bruit, parcourut l'église des yeux; elle était déserte.

Etonné, il s'arrête un instant; un léger bruit vint frapper son oreille; il tourne la tête vers le côté gauche du grand autel, et découvre une chapelle profonde, qu'une colonne lui avait dérobée jusqu'alors. L'obscurité commençait à se répandre dans l'église; mais deux cierges brûlaient sur un autel de la vierge, à laquelle la chapelle était consacrée. Le prince Witold vit plusieurs femmes couvertes de longs voiles, assises près d'un confessionnal. Ses regards pénétrèrent jusque dans le mystérieux asile, d'où le repentir sort allégé du poids des fautes. Il distingua le bas d'une robe blanche. —Si c'était elle? se dit-il. Puis il

appuya sa tête contre une colonne; il se sentait attendri; il y a
quelque chose de si touchant dans
la naïve piété d'une jeune fille!—Si
c'est vous, Olésia, ajouta-t-il dans
sa pensée, vous êtes mille fois plus
séduisante dans votre humble sou-
mission aux croyances communes
que lorsque votre esprit supérieur,
s'élevant au-dessus des idées reçues, censure et condamne tout
ce qui le choque. Il restait depuis
quelques minutes absorbé dans
une douce rêverie, lorsque la
jeune pénitente, la tête inclinée
et les mains jointes, sortit du confessionnal. Un voile de dentelle se
confondait avec la blancheur de
sa robe; on eût dit que son âme

se répandait autour d'elle, et com-
muniquait à ses formes et à sa parure toute son angélique pureté.
Mais, hélas! c'était une étrangère.
Le voile léger après avoir couvert
de nombreuses boucles blondes,
retombait sur une taille infini-
ment moins élevée que celle d'O-
lésia.

Ce mécompte affligea Witold;
il se sentait découragé, et malgré
lui il y attachait de l'importance.
Cette chapelle avait quelque chose
de si mystérieux, de si calme, il y
avait éprouvé des émotions si
douces, qu'il regrettait de ne pas
les devoir à Olésia. Witold quitta
l'église. Il faisait presque nuit.
Distrait et marchant au hasard, il

se trouva tout à coup dans une petite rue de traverse, et ses regards s'arrêtèrent machinalement sur une maison de pauvre apparence. Sa surprise fut extrême lorsqu'il en vit sortir avec précaution une jeune femme dont la mise et la tournure distinguée contrastaient d'une manière frappante avec le misérable réduit. Cette dame traversa légèrement la petite rue, et entra dans un passage étroit et peu fréquenté, qui aboutissait à la place de Saxe, près du couvent de la Visitation. Witold, dont la curiosité était excitée, retourna sur ses pas, et arriva près du passage au moment où en sortait la mystérieuse inconnue. Elle ne le vit pas, et parvenue près du couvent, elle entra dans l'église par une porte de côté. Malgré l'obscurité, il la distingua parfaitement; elle portait une robe blanche et une mantille de blonde noire; ces deux couleurs se confondent moins facilement que d'autres avec les ombres du soir. Il hésita s'il entrerait une seconde fois dans l'église; un instant de réflexion l'en détourna.— Je ne me reconnais plus, se dit-il : tout m'émeut, tout m'intéresse, et je ne puis rien désirer et rien craindre qui ne me rappelle l'objet de ma folle passion. Il achevait à peine cette pensée, lorsqu'une voiture passa rapidement près de lui; il détourna la tête; c'était celle d'Olésia. Elle se dirigeait vers le palais de la comtesse de G. Witold prit aussitôt la résolution de s'y rendre.

Il ne trouva personne dans le salon; la comtesse achevait sa toilette. Un grand cabinet, qui servait en même temps de bibliothèque, était ouvert; Witold y entra; il vit Olésia qui lisait. Lorsque le prince parut, elle se leva, et fit quelques pas vers lui; il y avait sur son visage un air de satisfaction que depuis long-temps on n'était plus habitué à lui voir; Witold le remarqua, mais un objet vint tout à coup distraire son attention et s'en emparer exclusi-

vement. Il s'interrompit au milieu
d'une phrase commencée; ses regards examinèrent attentivement
la toilette d'Olésia, et s'arrêtèrent
enfin sur une mantille de blonde
noire qui couvrait une robe blanche. Les sourcils de Witold se
rapprochèrent l'un de l'autre, et
un mécontentement qu'il était impossible de ne pas remarquer se
répandit sur son visage.

—Qu'avez-vous donc, prince Witold? dit Olésia un peu surprise,
mais en souriant; on pourrait sup-
poser que vous venez de faire une
fâcheuse découverte.

— En effet, répondit Witold
d'un ton sévère, je suis peiné de
ce que je crois avoir découvert.

— Découvert! répéta Olésia
d'une voix émue: (Le prince crut
s'apercevoir qu'elle tremblait.)
Parlez-vous sérieusement?

— Toujours, lorsque c'est à
vous que je m'adresse, et que
c'est de vous que je m'occupe.

—Mais, dit Olésia en affectant de
sourire, cette découverte a donc
rapport à moi?

— En effet, répondit Witold.
Il allait ajouter quelque chose lorsque la comtesse parut.

Dans le cours de la soirée, Witold remarqua que la préoccupation d'Olésia était extrême. En
rapprochant dans son souvenir
tous les incidens de la soirée il ne
pouvait douter que ce ne fût elle

qu'il eût rencontrée. Mais pour une personne qu'on aime que d'indulgence on trouve dans son cœur !— Je connais, se disait-il, son inépuisable bonté; elle sait qu'on doit cacher ses bienfaits; je suis sûr qu'elle portait secrètement des secours à l'indigence. Son inexpérience a sans doute besoin d'être guidée, mais la prudence vaudra-t-elle jamais cette confiante innocence?

Cependant comme cette démarche était entièrement opposée aux principes de Witold, il résolut de s'en expliquer avec Olésia. Souvent il se trouvait près d'elle, mais des témoins importuns auraient pu l'entendre. Il épiait de-

6*

puis long-temps le moment où elle serait seule ; ce moment arriva ; il le saisit, et lui dit d'une voix basse et précipitée : — Il existe en vous un contraste frappant : vous avez beaucoup de timidité dans les manières et de hardiesse dans l'esprit ; vos intentions seront toujours pures, mais vos actions pourront être mal interprétées. Au nom du ciel, calculez toutes vos démarches, ne vous laissez point entraîner par cette bonté de cœur qui lève imprudemment tous les obstacles ; ce n'est pas tout, Olésia, de faire une bonne action, il faut la faire sagement. Le prince se tut ; il avait parlé très-vite, car il craignait d'être interrompu ; d'ail-

leurs il jugeait les explications inutiles, et pensait qu'Olésia devait le
comprendre. Elle le regardait avec
une extrême surprise. Witold
s'en aperçut, et reprit avec émotion :—Mon intérêt vous étonne;
ah! ce que j'ai tant aimé le possé-
dera toujours! En vous donnant
de sages conseils, je le sais, je ne
travaille plus pour moi, mais je
vous chéris encore pour vous-
même. Puis il ajouta d'un ton
bref : Ce n'est point ici le lieu d'une
explication ; vous me devez une
entière confiance, rappelez-vous
que je saurai la réclamer. Quelqu'un s'approcha ; Olésia et le
prince se séparèrent.

Lorsqu'elle fut seule, Olésia ré-

fléchit profondément à ce qu'elle
venait d'entendre. Elle n'avait
point compris les premières phrases de Witold, et elle les oublia
complètement en écoutant celles
qui les suivirent; mais elle se ré-
pétait sans cesse ce qui l'avait tant
frappée : — *Je suis peiné de ce
que je crois avoir découvert...
Celle que j'ai tant aimée... Vous
me devez une entière confiance...*
Il n'était que trop vrai qu'un triste
secret pesait sur le cœur d'Olésia.
Un devoir qu'elle regardait comme
sacré, en rendait la révélation impossible, et cependant elle se reprochait sans cesse de ne point en
faire l'aveu.—Il sait tout, se disait-
elle, et ce n'est pas par moi.

Le lendemain soir, Witold sortit à pied; il était agité, inquiet. Il est des craintes qu'on n'ose s'avouer dans le moment même qu'on les éprouve. On dirait alors qu'il existe en nous deux intelligences rivales; l'une effraie notre cœur, l'autre met tous ses soins à le rassurer. Tourmenté, indécis, la volonté de Witold ne semblait avoir que peu de part à ses actions, et il fut presque étonné de se trouver tout à coup devant cette maison si pauvre qui l'avait frappé la veille. Il délibérait s'il entrerait, lorsqu'une voix qu'il ne pouvait méconnaître le fit tressaillir; c'était celle d'Olésia. Sans comprendre les mots qu'elle prononçait, il distin-

guait qu'elle parlait français ; il se
demandait avec surprise à qui dans
cette maison elle pouvait s'adresser
dans cette langue, lorsqu'elle sortit ; elle marchait très-vite et gagna
bientôt le passage. Witold se disposait à la suivre, lorsqu'un nouvel objet vint le frapper de stupé-
faction ; le colonel Jgor était devant lui ; il sortait de la maison
qu'Olésia venait de quitter.

Tout le sang de Witold reflua
vers son cœur, ses jambes trem-
blantes ne purent avancer, ses
mains cherchèrent un appui qui
se dérobait à sa vue ; il portait en
lui pour la première fois de sa
vie cette souffrance pénible qu'on
éprouve avant de s'évanouir. Il

sentait la douleur et n'en distin-
guait plus la cause. Peu à peu il
ressaisit ses pensées, et se voyant en
butte à la curiosité des personnes
qui traversaient la rue, il s'éloi-
gna, et courut s'enfermer chez lui.

Son chagrin était violent, et
surtout causé par une fierté excessive, blessée dans tout ce qu'elle
avait de plus cher. Pendant long-
temps, il n'avait point douté qu'O-
lésia ne devînt un jour sa femme;
il lui semblait que ces imprudences
rejaillissaient sur lui; son cœur, qui
avait d'abord reçu toute la bles-
sure, se guérissait aux dépens de
son orgueil. Ses premières pensées avaient été d'horribles soupçons; il les rejeta sans y ajouter

de croyance. Olésia ne pouvait être coupable que d'étourderie ; mais c'était déjà trop pour le fier Witold. Même en supposant que le hasard eût produit cette rencontre, il ne l'excusait pas encore. — Celle qui m'appartiendra, se disait-il avec hauteur, n'aura jamais fait naître de doutes. Un nouvel incident succéda rapidement, comme pour le convaincre que ce n'était point le hasard, mais un accord de volonté qui avait réuni Olésia et le colonel Jgor.

Venant de recevoir une lettre de la princesse sa mère, qui pressait l'envoi de bijoux que depuis long-temps elle l'avait chargé d'acheter, Witold se rendit un matin chez son joaillier. Il expliqua ce qu'il désirait, et jetant par hasard les yeux sur un cachet que le marchand examinait attentivement tout en écoutant les demandes qui lui étaient adressées, il eut une idée confuse de l'avoir déjà vu. Tandis que le bijoutier, Allemand très-flegmatique, cherchait lentement les divers objets qu'il désirait montrer au prince, celui-ci s'était emparé du cachet et l'avait reconnu. — Voilà un fort beau saphir, dit-il après un moment de silence; à qui appartient-il?

—Au comte Jgor Sez...., colonel dans les grenadiers de Kerson. La monture en est remarquable; je parierais qu'elle a été faite en Allemagne; il n'y a qu'à Vienne qu'on puisse travailler ainsi. — C'est probablement aussi dans cette ville que ce cachet aura été monté, dit Witold avec un sourire ironique. Il aurait pu l'assurer; car c'était lui-même qui l'avait rapporté de Vienne. Il y avait bien des années, sa mère, allant en Autriche, avait été chargée par la Palatine de S*** de plusieurs commissions, entre autres de faire graver sur un saphir, un sujet et une devise dont la Palatine lui donna le modèle. La devise était en anglais, langue que la princesse ne comprenait pas. Cette dernière, après avoir passé

quelques mois à Vienne, se rendit
directement dans ses terres, et son
fils encore enfant retourna à Varsovie avec son gouverneur. Ce
fut lui qui remit à la Palatine diverses emplettes en bijoux, parmi
lesquelles se trouvait le cachet.

Olésia était alors au berceau ;
quelques années plus tard, le
brillant et la jolie couleur du saphir lui plurent, et la Palatine,
qui ne savait rien refuser aux caprices d'un enfant qu'elle idolâ-
trait, le lui donna. Witold l'avait
vu mille fois dans ses mains. Le
sujet et la devise du cachet l'a-
vaient frappé ; l'idée lui en paraissait bizarre, mais connaissant l'i-
magination romanesque de la Pa-

latine, il n'avait point essayé de l'approfondir. On y voyait un globe surmonté d'une croix ; vers l'orient brillait une étoile, et, guidée par elle, une colombe se dirigeait vers la croix. La devise pourrait se traduire ainsi : « O toi qui nous as tout donné, je puis aussi te faire un don. »

Tandis que Witold, les mains appuyées sur le comptoir et la tête inclinée, regardait le cachet d'un œil morne, le marchand disait avec son flegme accoutumé :
— Le comte Jgor de Sez... sort d'ici ; la monture de ce cachet à besoin de quelques petites réparations ; il voulait me persuader qu'elles se pourraient faire en cinq

minutes, et j'ai eu beaucoup de peine à le décider à me le laisser jusqu'à demain.

Rentré chez lui, le prince s'enferma dans son cabinet, dans ce lieu consacré aux études et à la rêverie, où si souvent l'image d'Olésia lui était apparue belle d'innocence et de candeur. Bien souvent aussi il s'était dit dans ce lieu :— C'est ici où nous viendrons lire ensemble. Maintenant quelle solitude ! la douce image n'est plus là ; elle se cache encore dans son cœur, mais Witold la rejette et la repousse. S'il ne s'était pas craint lui-même, ses yeux auraient versé des pleurs. — O Dieu ! dit-il en joignant les mains

et les serrant fortement contre sa
poitrine, quelles pertes m'acca-
blent en même temps! O ma patrie! ô mon amour! gloire, bonheur d'aimer, vous vous suivez de
près dans votre fuite. Combien de
temps j'ai compté sur vous deux!
combien de temps j'ai regardé
l'une comme nécessaire à ma vie,
l'autre comme une récompense!
sentimens qui jusqu'alors vous
partagiez mon âme, il faudra vé-
géter sans vous!

Witold, ordinairement si sé-
dentaire et si studieux, ne pouvait plus rester chez lui, ni consacrer un moment à l'étude; son
chagrin augmentait de se trouver si peu de forces; il invo-

quait son énergie passée, entreprenait une occupation, la commençait avec courage et l'achevait avec dégoût. Souvent dans ces momens pénibles, il faisait seller un cheval, et parcourait de toute la vitesse de son coursier les environs de Varsovie. Ce mouvement, cette agitation de corps calmait peu à peu celle de ses pensées ; il se couchait brisé de ces courses, mais il devait à la fatigue quelques instans de sommeil.

Un jour, plus accablé que jamais, Witold ne put parvenir à maîtriser sa douleur. Quelquefois un frisson glacial pénétrait jusqu'à son cœur. Plus souvent son visage s'enflammait par la colère, ses

mains tremblaient, ses yeux lan-
çaient des éclairs. Mille fois il se
leva pour aller trouver le colonel
Jgor, et lui demander raison de
son malheur ; puis il revenait s'asseoir le sourire du dédain sur les
lèvres, la tête haute et les regards
baissés avec mépris sur un objet
qu'il semblait voir dans la pous-
sière. Tout à coup il se leva de
nouveau ; il venait de prendre une
résolution désespérée ; bientôt il
arriva au palais du Palatin de
S***, et sans se faire annoncer il
parut devant Olésia.

Interdite à la vue de Witold,
Olésia le fut bien davantage encore lorsqu'elle aperçut l'expression de son visage ; elle pâlit et

balbutia quelques mots. — Vous vous troublez à mon approche, lui dit Witold avec amertume ; comme les temps sont changés !

— Mais, vous-même, prince Witold, répondit Olésia d'une voix tremblante, vous êtes aussi troublé que moi.

Ces paroles, si simples, semblèrent à Witold une affreuse ironie ; elles le révoltèrent, et il s'oublia jusqu'à répondre : — Croyez-vous que notre émotion ait la moindre ressemblance ? Ah ! vous devez savoir maintenant qu'il y a bien loin des sensations produites par le remords, à celles qui sont causées par la douleur !

— Par le remords ! dit Olésia

dont les joues se couvrirent du
plus vif incarnat, et dont les
grands yeux noirs, jusqu'alors
baissés, se levèrent étincelans d'indignation, et s'arrêtèrent sur le
prince. — Oui, ajouta-t-elle avec
plus de calme, je suis coupable,
mais de dissimulation seulement.
On m'avait ordonné de me taire,
et je m'en suis fait un devoir,
parce que je craignais de parler.
N'en accusez que votre caractère;
c'est pour vous seul que j'attachais de l'importance à mon secret. Vos préjugés m'ont rendu
pusillanime, et la crainte que vous
m'inspiriez me réduisait au silence. C'est une faiblesse, je m'en
avoue coupable; mais des re-

mords ! il n'y en aurait pour moi maintenant qu'à vous aimer.

— Je suis puni, madame, de l'indiscrétion de ma visite; il est inutile de la prolonger. Je sais tout, madame; cela doit vous expliquer que je puis trouver votre justification étrange. Dans un pareil moment, vous avez choisi de mauvaises armes; vous m'accusez, et je suis l'offensé. Mon caractère, dites-vous, s'oppose à votre franchise; je ne reçois ni ne comprends cette excuse. Beaucoup d'événemens, madame, beaucoup de sentimens dans la vie sont indépendans de notre volonté; le changement qui s'est opéré en vous est de ce nombre. Mais vous

devriez au moins me plaindre ;
vous étiez bonne autrefois. Ah !
sur ce point du moins, redevenez
vous-même ; ne m'ôtez pas jusqu'à la consolation de vous re-
gretter !

— Prince Witold , dit Olésia
en appuyant sur chacune de ses
paroles, avec une légère nuance
d'ironie, je ne veux point vous
séduire ; il y a dans ma position
une dignité nécessaire à garder. Je
vous laisse entièrement libre d'é-
tablir votre jugement ; et tel qu'il
soit j'en subirai l'arrêt. Vous n'en-
tendrez de ma bouche ni prières
ni plaintes. Nos idées diffèrent
trop pour que nous puissions dis-
cuter tranquillement ensemble sur

un sujet qui m'est aussi personnel.
Je ne dois point défendre moi-
même ma propre cause ; je la
confierais à votre cœur si chez
vous il avait quelque empire.
Après ces paroles Olésia s'arrêta ;
elle craignait d'avoir blessé Witold. Elle reprit bientôt avec une
émotion qu'elle essayait de cacher : — Ne pouvant être votre
femme ; j'espérais que nous reste-
rions amis.

— Ah! c'en est trop, reprit
Witold avec courroux. Mais il
est impossible, dit-il en s'apai-
sant tout à coup, que vous puis-
siez vous jouer de ma douleur. Eh
quoi! vous penseriez que nous ne
sommes pas entièrement séparés?

qu'avez - vous dit ? qu'espérez-
vous? que croyez-vous?

Olésia se leva, s'approcha du
prince ; leurs yeux se rencontrèrent, et elle lui dit avec une fierté
mêlée d'une émotion bien douloureuse : — Je croyais être aimée
de vous, mais à présent... je ne sais
pas même si je le désire. Puis mettant une de ses mains sur ses yeux
pour arrêter et cacher ses larmes,
elle sortit précipitamment.

— Femme inconcevable ! dit
Witold en s'arrachant de ce funeste palais, ta conduite me fait
une mortelle injure, et tes accens
m'attendrissent malgré moi. Tu
mets dans tes actions une légèreté inouie, et tes manières,

ton air, toute ta personne, respirent la réserve, la noblesse et la pureté.

Pendant cet entretien, le nom du colonel Jgor erra souvent sur les lèvres de Witold, mais son cœur eût défailli s'il l'eût prononcé devant Olésia. Ce nom cependant eût tout éclairci. Abusés l'un et l'autre par les apparences les plus trompeuses, Olésia et le prince ne se comprenaient pas. S'ils se fussent entendus ils n'eussent pas été moins à plaindre; mais ils se seraient épargné un chagrin affreux, celui de ne plus estimer ce qu'on aime.

Le prince Witold passa la nuit qui suivit cette entrevue sans pou-

voir goûter un instant de repos; le
lendemain il voulut essayer une
dernière tentative, et résolut d'é-
crire à Olésia. Il se représentait
sans cesse le contraste des paroles
de celle qu'il aimait encore malgré
lui, de l'air indigné avec lequel
elle écoutait les reproches, et de
la légèreté qu'il lui supposait. Il
y avait dans cette aventure quelque chose d'extraordinaire qu'il
cherchait vainement à approfondir.

Il prit une plume et soupira ;
combien il regrettait le temps où
il n'osait lui écrire ! Enfin il traça
les lignes suivantes : « Je ne puis
me persuader que mes chagrins
soient réels; ce que j'ai vu, ce que

j'ai appris me semble un rêve, et vous seule pouvez me tirer de cet affreux sommeil. Est-il donc vrai que mes espérances sont évanouies? Faut-il renoncer à vous? Si je me suis trompé, ah ! qu'un mot vienne me consoler de tout ce que j'ai souffert; s'il y avait au contraire de la vérité dans mes craintes, épargnez-moi le désespoir de le lire, gardez le silence, mais plaignez-moi. »

Le prince Witold après avoir écrit ce billet sonna, et fit appeler un vieux laquais qu'il avait à son service depuis son enfance; c'était l'être le moins curieux et le plus discret du palais. — Va porter, lui dit le prince, ce billet

7*

à la comtesse Olésia de S***, et je t'ordonne au nom de tous tes bons et anciens services et de la reconnaissance que j'en conserve de garder sur cette démarche le plus profond silence.

Witold attendit avec une affreuse anxiété le retour de son messager ; il reparut bientôt, le prince s'avança vers lui, et prit avec vivacité le papier qu'il lui présentait : —Mais, dit-il avec un mouvement d'effroi, lorsqu'il eut jeté les yeux sur les premières lignes, c'est mon propre billet que tu me rapportes ! — Mon prince, répondit le vieux serviteur, je l'ai remis à la personne à qui il était adressé ; elle l'a lu, et

me l'a rendu de suite; je crois que
sa main a tremblé; mais je suis
sûr que sa voix était bien émue
lorsqu'elle m'a dit : — *Il n'y a
point de réponse!*

Witold, consterné, sortit aussitôt; sa tête était brûlante; il ne
respirait plus qu'avec peine. Le
grand air le ranima. Il erra long-
temps dans la campagne, et lorsqu'il revint à Varsovie, la nuit
couvrait déjà la ville. Comme il
passait près du palais du Palatin
de S***, une voiture y entrait.
Au même moment la chambre à
coucher d'Olésia et un petit salon
de musique où elle se tenait ha-
bituellement furent éclairés. Witold pensa qu'elle revenait de la

maison inconnue; il soupira, mais
ne fut point surpris. Qu'importe
au nautonnier que la tempête a
fait échouer sur la plage qu'une
vague de plus vienne assaillir son
navire? Olésia traversa les appartemens, et passa dans un cabinet
qui n'était point éclairé; elle vint
s'asseoir près d'une fenêtre ouverte; le prince, immobile à la
place où il s'était arrêté lorsqu'il
l'avait aperçue, suivait chacun
de ses mouvemens. Il ne pouvait
distinguer ses traits, mais il recon-
naissait sa coiffure, qui rappelait
les modèles grecs, les contours de
sa taille, sa pose mélancolique.

Witold songeant que cette mystérieuse soirée était la dernière

qu'il accordait à l'amour, ne pouvait s'arracher à cette contemplation. Il était sûr de n'être point vu; la lune éclairait le dôme des temples, et le toit à l'italienne du palais, mais l'obscurité que projetait ce bâtiment s'étendait au loin devant lui.

Le bruit de quelques personnes qui passaient encore dans la rue, celui des voitures, causaient à Witold presque de l'impatience; il eût voulu que tout fît silence, et que l'objet sur lequel ses yeux étaient fixés se fît seul entendre et voir.

Tout à coup Olésia se leva et ferma la fenêtre. Cette action le fit tressaillir; elle lui donna l'idée

d'une séparation éternelle. Il éleva
machinalement les bras vers l'ombre légère qu'il voyait encore; sa
voix n'osait se faire entendre,
mais il murmura dans son cœur :
— Adieu tout ce que j'avais de
cher au monde; esprit, beauté,
grâces plus séduisantes encore,
adieu!

CHAPITRE VII.

L'AUTOMNE de 1793 venait de
commencer; cette saison donne
souvent à la Pologne plus de
beaux jours que le printemps;
c'est le moment des fêtes cham-
pêtres. Les habitans de la campagne, débarrassés de leurs plus
pénibles travaux, se reposent,

chassent, ou dirigent leur briczka vers l'habitation voisine. Les paysans eux-mêmes oublient un moment leur misère et leur esclavage. C'est l'époque qu'ils choisissent ordinairement pour former leurs alliances.

Lorsque les récoltes sont terminées, on rencontre souvent sur les routes une troupe de jeunes filles se dirigeant vers la maison seigneuriale, tremblant de ne pas obtenir une permission que leurs parens leur auraient en vain donnée, sans la sanction du redoutable maître. Un morceau de ruban rouge attache le collet de leur chemise; il annonce leurs prétentions et leur espoir. Elles n'ont rien à craindre, celles qui doivent s'établir dans lieu qui les a vues naître; mais combien elles sont craintives celles qui ont donné leur amour dans un village étranger !

Heureuses celles que la providence a placées sous la dépendance de puissans seigneurs! Plus o n de pouvoir, moins on y attache d'importance, et les tyrans les plus jaloux de leur autorité sont les tyrans subalternes.

Tandis qu'on dansait dans les villages et que la petite noblesse, éveillée par ces plaisirs, dansait aussi sans faste et sans dépense dans ces habitations décorées du titre pompeux de châteaux et

dont un bois brut compose tout
l'édifice, on parlait dans le grand
monde d'une fête dont la magnificence devait surpasser ce qu'on
avait vu jusqu'alors. Pulawy, ce
séjour charmant où la nature et
l'art se disputent les hommages,
devait en être le théâtre. Un prince
de la famille royale d'Angleterre
se trouvait à cette époque à Varsovie, et c'était lui qui en était
l'objet.

Bien des familles, inquiètes de
leur avenir, tristes des malheurs
de leur pays, souffrant de son humiliation, ne se sentaient nulle-
ment disposées aux plaisirs. Une
fête, dans un pareil temps, leur
eût paru une inconvenance, si

elle leur eût été proposée par des égaux; mais il est des noms et des lieux que le blâme n'ose atteindre.

Depuis long-temps Pulawy était le centre et le conservatoire du goût. C'était de la cime de ce palais enchanté que la mode, déployant ses ailes, s'élançait pour parcourir les différentes provinces de Pologne. Ce qu'elle apportait de ce séjour était reçu avec enthousiasme; toilette, maintien, langage, tout changeoit au nom magique de Pulawy.

Le prince Witold, qui jusqu'alors avait blâmé ces assemblées où deux nations ouvertement ennemies se trouvaient réunies pour

participer aux mêmes plaisirs, et
qui n'avait point épargné dans sa
censure les hommes marquans
qui les autorisaient de leur présence, se convainquit par sa propre faiblesse qu'il est plus facile
de poser un principe que de le
suivre.

Près de trois mois s'étaient
écoulés depuis sa dernière entrevue avec Olésia. Malgré les
adieux solennels qu'il lui avait
adressés, il la cherchait encore;
mais Olésia mettait tous ses soins
à l'éviter. Le bruit de son mariage
avec le colonel Jgor avait entièrement cessé; les courses nocturnes
près du couvent de la Visitation
étaient depuis long-temps sus-

pendues. Que croire? que penser?

Witold savait que, vaincue par
les sollicitations de la comtesse
de G***, Olésia avait consenti à
aller à Pulawy; l'espérance de la
voir lui fit oublier toutes les con-
sidérations qui l'avaient guidé
jusqu'alors.

En montant en voiture, il se
sentit défaillir, et fut obligé de
s'appuyer quelques minutes sur le
bras du laquais qui tenait la por-
tière ouverte.—Si j'étais supersti-
tieux, et surtout heureux, se dit-il,
je prendrais ce que j'éprouve pour
un mauvais présage; mais je n'ai
nul espoir, et par conséquent rien
à perdre.

Il était onze heures du soir lorsque le prince Witold arriva; on dansait déjà. Il fut ébloui de la richesse et de la variété des costumes. Lorsque son admiration fut calmée, il éprouva un certain malaise en voyant bien des yeux fixés sur lui. Quelques jeunes gens le regardaient avec une espèce de triomphe, tandis que d'autres le considéraient tristement, et semblaient dire : — Et vous aussi, vous êtes inconséquent comme nous. Ladislas vint bientôt à sa rencontre; l'air de surprise qui était peint sur son visage déconcerta tout-à-fait le prince Witold.

— Vous voilà! vous ici! dit Ladislas.

—Mais vous y êtes bien, répondit Witold, qui n'était pas encore assez remis pour s'apercevoir qu'il se plaçait au niveau de l'homme le plus léger de la Pologne.

—Oh! je ne suis pas une autorité, car je vais partout. J'irais danser, je crois, chez le prince Repnin lui-même, s'il s'avisait de donner un bal. En prononçant cette phrase, Ladislas avait désigné, par un mouvement de tête, le prince russe, qui se trouvait assez près d'eux.—Mais, dit Witold, voulant changer une conversation qui lui déplaisait, quelle magnificence! quelle bizarre élégance dans certains costumes! quel heureux choix dans quelques autres !

— Oui ; ces dames ont présumé que cette fête serait la dernière, et elles ont épuisé une imagination qui désormais leur devenait inutile.

— Réellement, elles ont tout exploité, depuis la horde de sauvages la plus récemment découverte, jusqu'à l'antique empire chinois. Nous avons ici des envoyés de toutes les nations.

— Ce sont des ambassadeurs d'une nouvelle espèce qui viennent nous apporter leurs complimens de condoléance.

Witold ne répondit rien : il était agité par deux sentimens contraires. Il se reprochait inté-

rieurement une faiblesse qu'il aurait dû vaincre, en même temps
qu'il était flatté de l'importance
qu'on attachait à ses démarches.
Lorsqu'on se parle dans son cœur,
on n'arrange point ses phrases avec
cette humble délicatesse qu'on
emploie en parlant de soi devant
témoins; aussi le prince Witold
se disait avec plus de franchise
que de modestie : — Les uns sont
satisfaits de me voir dans leurs
rangs, les autres en sont surpris,
et tous me blâment également
d'une action qu'ils se permettent.
L'esprit humain est une étrange
énigme; mais cette multitude qui
remplit ces salons m'honore beaucoup en désapprouvant ma con-

duite; je la remercie de m'avoir appris au juste ce que je valais.

En achevant cette réflexion, il vit peu à peu toutes les femmes en costume étranger quitter l'appartement, qui se trouvait encore suffisamment rempli de jeunes personnes et de jeunes femmes en simple costume de bal. Le prince anglais venait de paraître, il donnait le bras à la *dame châtelaine* qui avait été le recevoir sur le perron; elle lui présenta ses fils et ses deux filles. L'aînée avait épousé récemment le prince de W***. Il y avait dans sa beauté plus de dignité que d'agrément. Lorsqu'elle baissait les yeux, il régnait sur son visage un calme qui ressemblait presque à la froideur, mais l'expression de son regard était céleste, on y lisait son âme. La cadette, à peine sortie de l'enfance, annonçait déjà cette beauté ravissante qui fit depuis tant de bruit en Pologne. Elle épuisait dès lors les comparaisons poétiques et les justifiait toutes; car ses grâces, variées comme ses talens et ses charmes, ressemblaient à ce que l'imagination pouvait avoir créé de mieux.

A minuit on servit le souper, le prince anglais ne se mit point à table. On lui proposa de visiter la galerie du château; à peine les portes en furent-elles ouvertes qu'un cri d'admiration lui échappa. Nous allons essayer d'en expliquer la cause.

La galerie était immense, et la clarté la plus vive y régnait sans que l'œil pût y découvrir une seule lumière; elles étaient cachées avec art, et ménagées de manière à donner à chaque tableau le degré de jour qui lui convenait. Le prince anglais s'arrêta devant une copie dont il connaissait l'original.

Dans un cadre resplendissant de dorure, on voyait une vierge aux cheveux blonds, dont les tresses moelleuses se mêlaient avec de légères draperies bleues. Son regard, ses traits d'une pureté et d'une douceur infinie, rappelaient les plus heureuses compositions

du Corrège. Le prince étonné pense
être le jouet d'un rêve ; toute son
attention se concentre sur cette
gracieuse figure, et son admiration
se manifeste par les expressions les
plus passionnées. Il croit deviner... doute encore... et cependant
le visage charmant qu'il ne cesse
de contempler se couvre peu à
peu de rougeur ; tout à coup la
vierge sourit, baisse les yeux , et
le secret est expliqué.

Tous les autres tableaux qui
ornaient la galerie étaient compo-
sés de même par des personnes de
la société. C'était la première fois
que ce genre de divertissement
avait lieu en Pologne ; son succès
fut si parfait que depuis on l'i-

mita souvent. Il régnait autour
de la galerie une estrade suffisamment large où posaient les acteurs
qui figuraient dans les divers tableaux. Au bas, une balustrade
à hauteur d'appui, était assez éloignée pour tenir les spectateurs à
une distance calculée. Tout était
ménagé de manière à rendre au
premier coup d'œil l'illusion com-
plète.

Le prince fit le tour de la galerie, et s'arrêta souvent; il retrouvait sans cesse, reproduit avec la
plus ingénieuse correction, les
chefs-d'œuvre des grands maîtres,
mêlés à des compositions que l'i-
magination des Polonaises avait
su rendre charmantes. Pour flat-

ter son amour-propre national,
on avait choisi souvent des traits
relatifs à l'Angleterre. Il les re-
connaissait avec plaisir. Enfin,
tout ce que la religion, l'histoire,
la fable et l'allégorie ont de plus
touchant, de plus remarquable ou
de plus gracieux fut employé avec
un art qu'il est impossible de dé-
crire.

Pour un étranger, ce spectacle
était ingénieux, son esprit pouvait s'en étonner, ses yeux en être
éblouis ; mais il était surtout in-
téressant pour ceux qui, par leurs
habitudes sociales, se trouvaient
journellement en rapport avec les
acteurs de cette scène brillante.
Aussi était-ce un échange conti-

nuel de regards et de sourires entre les spectateurs et ceux dont
les rôles n'admettaient pas cependant la mobilité. Toutes les tendres passions étaient éveillées.
L'amour gagnait tant à ces dégui-
semens! Que de vieilles liaisons
se ranimèrent! que de femmes
négligées acquirent dans cette soirée les charmes d'un objet nouveau!

Witold se promenait silencieu-
sement au milieu de cette assemblée, lorsque Ladislas vint le
rejoindre. — Eh bien! dit ce dernier, comment avez-vous trouvé
notre tableau?

— Lequel?

— Celui dont je faisais partie.

— Je ne l'ai pas vu.

— Impossible !

— Je vous assure.

— Mais vous me faites subir le supplice de Cicéron arrivant de Sicile, lorsqu'il demandait ce qu'on pensait de sa questure à des gens qui ignoraient même s'il avait quitté Rome.

— J'en suis désolé ; enfin, d'où venez-vous ?

— Je viens de me relever ; je suis depuis une heure aux genoux de Françoise de Foix, dame de Châteaubriand.

— En effet, dit Witold en regardant le front dégagé et la barbe pointue de Ladislas, je reconnais François Ier.

—Tout autant ; je ne m'abaisse jamais.

Tandis qu'il parlait, les yeux de Ladislas erraient d'un objet à un autre ; il louait, critiquait, s'extasiait ; il était transporté de plaisir. — Voyez-vous, dit-il en montrant la comtesse Éléonore, voilà la sibylle du Dominiquin. Ce large turban cache à moitié son front prophétique ; mais son regard sait pénétrer dans l'avenir, et sa bouche semble prête à s'ouvrir pour une révélation mystérieuse. Ces paroles rappelèrent à Witold le parc de Willanow ; elles augmentèrent sa tristesse. Ladislas continua, en montrant un autre tableau qui représentait une

jeune Bohémienne disant la bonne
aventure à un chevalier : — Ah !
voici la jolie princesse de S***; ce
n'est plus là une Pythonisse au
visage inspiré, se trompant la
première par son propre enthousiasme; c'est une jeune fille remplie de finesse et de malice, et
qui se joue de la crédulité qu'elle
inspire. Witold détourna ses regards de la comtesse Éléonore, les
reporta promptement sur la princesse de S***, et son âme se re-
posa en contemplant une femme
dont la bonté angélique n'avait
jamais causé un seul instant de
peine. Les deux amis s'arrêtèrent
ensuite devant un des plus gracieux tableaux. On voyait au mi-

lieu des nuages une de ces divinités
persanes, qui sont les intermé-
diaires entre le pouvoir d'en haut
et les besoins des hommes. Chas-
sées du séjour céleste, anges dé-
chus, mais repentans, elles tien-
nent du ciel par leurs formes
aériennes, et de la terre par leur
espoir. L'azur de ses ailes dé-
ployées brillait au dessus de sa
chevelure blonde, on l'aurait ju-
gée prête à s'élever vers le lieu de
ses désirs, si son triste regard n'eût
dévoilé son impuissance. Je n'ad-
mire jamais la comtesse Gabrielle,
dit Ladislas, sans me rappeler
aussitôt ce vers :

Et la grâce plus belle encor que la beauté.

Celle qui l'inspira devait lui ressembler. — Moi, dit Witold, je ne puis oublier qu'on éprouva pour elle une passion sans espoir, et comme les plus grands événemens dérivent souvent des plus petites causes, sans ce fatal amour la Pologne aurait peut-être à déplorer moins de malheurs. Que de faiblesse dans l'âme du plus brave! ajouta Witold en se parlant à lui-même. Kosciusko s'exilant au fond de l'Amérique, abandonnant sa patrie parce qu'une femme ne répond point à son amour! Comment compter sur soi après un tel exemple?

— Mon Dieu! dit Ladislas en l'interrompant brusquement, je

suis un grand étourdi, j'oubliais de vous parler d'une chose fort importante.

— A qui peut-elle avoir rapport ?

— Au colonel Madalinski, et à Kosciusko lui-même.

Ces mots surprirent Witold et lui causèrent de l'inquiétude. Ladislas venait de nommer deux hommes sur qui toute la Pologne portait les yeux avec intérêt. Le premier était un brave militaire, audacieux jusqu'à l'imprudence. Lorsqu'après la confédération de Targowice, la Russie, de concert avec la Prusse, réduisit l'armée polonaise à douze mille hommes, il refusa de licencier son régiment

en garnison à Cracovie; ce point
éloigné échappa à la vigilance des
Russes. Madalinski ne s'était point
encore déclaré en insurrection,
mais son régiment était déjà regardé par tous les Polonais comme
le noyau d'une nouvelle armée.
Nous verrons bientôt le second fi-
gurer dans la dernière lutte de la
Pologne; il en sortit accablé et
cependant couvert de gloire. Il
était alors en Italie. Les Russes
craignaient ses talens et l'affection
que lui portaient ses compatrio-
tes. Kosciusko, à cette époque,
n'eût pu sans danger demeurer
en Pologne; mais, quoique ab-
sent, les malheurs de sa patrie
étaient sans cesse présens à sa

pensée, et il épiait avec sollicitude
le moment de les venger.

—Eh bien! dit Witold à Ladislas,
quelles sont les nouvelles que
vous voulez m'apprendre?

— Il faut d'abord que je vous
dise comment elles me sont par-
venues, car il y a dans cette aventure quelque chose de romanesque qui me plaît. A peine étais-
je entré dans la salle de bal qu'une
très-jeune femme vint à moi;
elle m'emmena dans l'embrasure
d'une fenêtre. (Notez que c'est
une des plus belles personnes de
la Pologne.)

—Au fait, de grâce, dit Witold.

— J'y suis; et sans préambule
elle me dit : —Voici deux lettres

que le hasard a fait tomber entre mes mains. L'une d'elles a été saisie en Autriche; elle est du colonel Madalinski et adressée à Kosciusko. Le colonel attend ce dernier avec impatience; il paraît que Kosciusko a l'intention de quitter l'Italie. Cette autre est d'un officier autrichien, celui qui a saisi la première; il propose d'enlever Kosciusko lorsqu'il traversera le Tyrol. J'ai pensé que cet avis pourrait être utile, et je me suis empressée de le donner.—Sans doute, répondis-je avec la plus grande surprise; mais comment vous êtes-vous procuré ces lettres?

— N'importe, profitez de leur contenu. Probablement, ajouta-t-

elle, le prince Witold n'assistera
pas à cette fête ?

—Il n'y a pas d'apparence.

—Eh bien! lisez ces lettres avec
attention, et rendez-les-moi. Lorsque j'eus fini de lire, elle me dit:—
Cette nuit quand vous serez rendu
à Varsovie, passez chez le prince
Witold avant de vous coucher, et
contez-lui tout cela. Je crois........
Witold attendait avec impatience
la fin de cette phrase, mais Ladislas ne l'acheva pas. Il se précipita tout à coup vers l'extrémité
de la galerie; Witold le suivit avec
peine.—Où courez-vous donc? lui
dit-il.

—Je n'ai pas une minute à
perdre, répondit Ladislas en

accélérant sa marche; je vais me rejeter aux pieds de madame de Châteaubriand.

— Un mot seulement, je vous conjure: quel est le nom de la personne qui vous a montré ces lettres?

Ladislas n'entendit pas même cette question, et s'écria en sautant légèrement sur l'estrade: — *A demain les affaires sérieuses.* Witold vit le prince anglais qui achevait le tour de la galerie et s'avançait vers le tableau de François Ier; cela lui expliqua la fuite soudaine de Ladislas. Dans un pareil moment, il était impossible de rien apprendre; Witold contrarié quitta l'appartement.

En traversant la salle de bal il vit Olésia; au milieu de cette foule il ne l'avait pas encore aperçue. Il se souvint alors que c'était pour elle seule qu'il était venu. Mais comment paraître la rechercher encore après les justes sujets de plaintes qu'il croyait avoir! Il hésitait à s'approcher, lorsqu'Olésia vint au-devant de lui. C'était elle qui avait communiqué à Ladislas les lettres dont nous avons parlé, car elle ne supposait pas voir Witold à Pulawy. En l'apercevant, elle songea à la légèreté de son ami, et se crut obligée de dévoiler au prince Witold lui-même le secret dont elle était dépositaire; elle s'avança donc avec la résolu-

tion de parler simplement de cette
affaire et de s'éloigner ensuite.
Mais lorsqu'elle fut près de lui,
son cœur battit avec tant de violence qu'il lui devint impossible
de s'exprimer. Elle regarda le
prince et rougit. Witold lut dans
les yeux expressifs d'Olésia qu'elle
voulait et n'osait lui parler. Au
comble de ses vœux, il crut tou-
cher enfin au moment de cette
explication qu'il avait tant dé-
sirée; il saisit la main d'Olésia, et
l'entraîna dans les jardins. Parve-
nus près d'un temple qui s'élevait
au milieu d'un massif d'arbres, Witold en poussa la porte et y attira
doucement Olésia; alors quittant sa
main, il resta debout devant elle;

son regard à la fois tendre et sévère semblait l'interroger. Ils n'a-
vaient pas encore proféré une seule
parole.

Dès l'instant où la main de Witold avait touché la sienne, Olésia
oublia le secret important qu'elle
voulait découvrir. Elle ne songea
plus qu'à ces temps si doux em-
bellis par la confiance et par l'a-
mour. Mais bientôt une triste expression vint se peindre sur son
visage , et le souvenir du passé
s'effaça. Debout au milieu du temple, ses yeux errèrent un instant
sur les ornemens d'une architec-
ture simple et noble, éclairée par
une lampe antique ; ils s'arrêtèrent
sur des rayons unis vers leur cen-

tre, et dont les extrémités inégales
et séparées, s'élançaient jusqu'à la
voûte. Elle reconnut cette gloire
hébraïque, signe mystérieux de
Jéhova. Au bas on avait gravé ces
belles paroles :

L'Eternel est son nom, le monde est son ouvrage.

Ce lieu, rempli d'une simpli-
cité majestueuse qui pénétrait jusqu'à l'âme, cette silencieuse entrevue avec celui qu'elle aimait,
quelques réflexions rapides sur sa
position émurent Olésia, et lui
arrachèrent des larmes; elles tom-
bèrent en abondance sur ses joues,
sans qu'elle songeât à les cacher.
Witold la contemplait avec ra-

vissement; elle ne lui avait jamais
semblé plus belle. Sa parure d'une
gaze légère, ses beaux cheveux,
qui n'étaient voilés par aucun or-
nement, ce long cachemire blanc
qui entourait sa taille, et dont
l'étoffe moelleuse en dessinait les
contours, sa pose au milieu du
temple, donnaient à toute sa personne l'apparence de ces compositions antiques, dont l'harmonie
nous frappe avant la perfection.
Mais lorsque les regards de Witold s'attachèrent sur ce visage
couvert de larmes, et doué d'une
expression si douce et si péné-
trante, une grande tristesse pé-
nétra dans son âme. En songeant
à ce qu'il avait perdu, il s'écria

d'une voix déchirante, où tous ses regrets étaient dévoilés : —Et vous ne m'aimez plus!—O mon Dieu, dit Olésia, dont les larmes redoublèrent, ne m'est-il pas permis de le détromper! En écoutant ces paroles, Witold était tombé à genoux, ses mains suppliantes élevées vers celle qui venait de lui rendre la vie.—Ah! disait-il, répétez encore ces mots enchanteurs; mais je m'abuse, ce n'est point vous, c'est mon cœur qui a parlé.

—Va, répondit Olésia, dont l'émotion était extrême, si ton cœur me dictait des expressions d'amour, elles ne pourraient être plus tendres que celles qui viendraient du mien.

Il leur fut facile de s'expliquer. Witold prononça le nom du colonel Jgor. — Il a demandé ma main, dit Olésia; mais pourrais-je la donner sans mon cœur? Interrogée sur la maison mystérieuse, et sur le cachet que Witold avait vu entre les mains du bijoutier allemand, Olésia répondit : — Plus d'un an avant la mort de ma mère, je découvris une pauvre famille, et je fus assez heureuse pour lui porter des secours. Dès ma première visite, je rencontrai chez elle le colonel Jgor de Scz... Je le revis deux fois encore, et je m'aperçus que ce n'était plus l'effet du hasard. Dès lors j'envoyai à la famille indigente ce que ses be-

soins réclamaient; je m'abstins d'y
aller moi-même.

Une année s'écoula, et ma mère
mourut. Quelques mois plus tard,
la pauvre femme que j'avais se-
courue tomba dangereusement
malade. Lui consacrer mes soins
et mes veilles était devenu un devoir sacré pour moi.... Ici Olésia
se tut; elle se troubla un instant,
mais faisant un effort sur elle-
même elle reprit : — Je revis le
jeune officier russe ; ce motif
joint à d'autres me déterminèrent
à louer, dans une rue écartée, un
logement, d'ailleurs plus vaste et
plus commode, et d'y installer
la famille à laquelle je portais le
plus vif intérêt ; j'espérais que le

colonel russe perdrait ses traces ;
je me trompai, et je m'aperçus
enfin qu'il existait entre cet officier et le chef de la famille des re-
lations que je n'avais pas le droit
d'empêcher. La demande qu'il fit
de ma main augmenta ce que ma
position avec lui avait de pénible.
Mais je dois ici lui rendre justice;
quoiqu'il n'ignorât pas qu'on ne
m'eût rien caché, jamais un mot
ne tendit à me le rappeler. Je crois
que je présentais à ses yeux deux
personnes différentes, car lorsqu'il
me rencontrait dans le monde,
ses regards m'apprenaient ce que,
pendant les heures que nous pas-
sâmes ensemble auprès de la pau-
vreté et de la souffrance, sa bou-

che n'osa jamais me dire. Un soir
il voulut me reconduire à ma voiture, je le lui défendis : alors seulement il laissa échapper quelques réflexions qui montraient un
peu d'étonnement sur les démarches que je me permettais chaque
jour ; je le regardai fixement et
je me contentai de lui répondre :
— *Ce que je fais, je dois le faire.*
Depuis il ne se permit pas une
parole qui eût pu me causer de
l'embarras. Ce respect me toucha,
et je confiai à un étranger un secret que vous ignorez encore, Witold. J'ai cru long-temps que vous
en étiez instruit, votre conduite
alors me paraissait cruelle. Je vois
maintenant combien nous étions

loin de nous entendre. A l'égard
du cachet, tout ce que je puis vous
apprendre, c'est que lorsque je
manquais d'argent j'ai souvent
donné des bijoux.

Olésia se tut. Elle ne se dissimu-
lait pas tout ce que son récit avait
d'invraisemblable. Elle regarda ti-
midement le prince, puis elle
ajouta après un moment de silence : —Witold, j'ai dit la vérité.

Mais il était impossible que le
prince, enivré d'amour et de bonheur, pût examiner de sang-froid
ce qu'il venait d'entendre : —
Vous m'aimez, vous m'aimez,
répétait-il sans cesse ; ah ! c'est
tout ce que mon cœur voulait savoir. Il ne s'apercevait pas dans

son délire que les larmes d'Olésia coulaient toujours avec la même amertume. Agitée, tremblante, confuse, on eût dit qu'elle était coupable, et c'était avec désespoir qu'elle parlait de son amour. Ce secret qui pesait sur sa conscience mille fois vint se placer sur ses lèvres. Mais elle connaissait Witold mieux que lui-même, et une voix criait à son cœur : —Par pitié pour lui, respecte cet instant de bonheur; demain il sera temps encore. — Oui, se dit-elle avec une douleur concentrée, demain je parlerai; tout sera fini pour moi.

Dans ce moment diverses voix se firent entendre ; on marchait dans

une des allées qui conduisaient
au temple. Tout à coup une porte
s'ouvrit, et la comtesse Éléonore
parut. Comme la plupart des
femmes qui avaient figuré dans
les tableaux, elle avait conservé
son costume. Olésia frémit; elle
crut voir la prêtresse du lieu entrer courroucée dans son sanc-
tuaire; involontairement elle se
rapprocha de Witold.— Impru-
dente! dit la comtesse en lançant
sur elle un regard de dédain.
Witold s'avança; ce regard avait
bouleversé son âme; il prit avec
impétuosité la main de la comtesse Éléonore, et tandis qu'in-
dignée, elle essayait de la retirer:

C'est ici, lui dit-il, le moment

de la franchise. Voici la seconde fois qu'oubliant ce que vous devez à votre rang et à votre sexe, vous affligez avec une froideur cruelle un ange qui n'a pu vous offenser. Je veux savoir enfin la cause de vos outrages.

— Quelle étrange audace! s'écria la comtesse Éléonore.

—En effet, madame, reprit Witold en lâchant brusquement la main qu'il tenait, je m'oublie; je n'ai point le droit de vous interroger, mais j'ai celui de penser que votre cœur fait le mal pour le plaisir de le faire.

—Witold, Witold! dit Olésia d'un ton de crainte et de reproche.

—Oui, madame, reprit la com-

tesse avec un sourire ironique,
implorez ma grâce, et je vous de-
manderai à mon tour si vous
croyez que ce soit un sentiment
d'envie que peut éprouver pour
vous une personne qui vous con-
naît comme moi. Vous inspirez
de l'amour, il est vrai, mais vous
en conviendrez vous-même, on
rougira de vous aimer si je veux
prononcer un mot.

— L'oseriez-vous, madame?
dit Olésia avec plus de calme
qu'elle ne l'espérait elle-même.
La comtesse Éléonore hésita de
répondre. Olésia leva les yeux;
ses regards rencontrèrent cette
gloire majestueuse qui l'avait frappée à son entrée dans le temple;

elle répéta intérieurement le beau vers qu'elle avait déjà lu :

L'Eternel est son nom , le monde est son ouvrage;

tout à coup elle se rappela celui qui le suivait:

Il entend les soupirs de l' humble qu'on outrage.

Les deux autres personnages de cette scène comprirent son regard et devinèrent sa pensée. Il se fit un moment de silence. Olésiá le rompit en s'écriant : — Parlez, madame, j'y suis résignée, parlez pour moi; hélas! je n'en ai pas le courage. En prononçant ces mots elle avait couvert son visage d'une de ses mains.

Mais le temple se remplit en un instant d'une foule de personnes; Witold, la comtesse et Olésia se trouvèrent séparés. Cette dernière apercevant la comtesse de G..... prit son bras et l'entraîna dans les jardins; mais en passant près de Witold elle lui dit avec l'expression la plus douloureuse : — A demain.

La fête touchait à sa fin. Witold s'était promené seul pendant une heure dans le parc de Pulawy en réfléchissant à la scène qui venait de se passer. Elle avait laissé dans son esprit autant de tristesse que d'inquiétude. Cependant les paroles énigmatiques de la comtesse Eléonore se présentaient moins souvent à sa pensée que les douces assurances de l'amour d'Olésia. Un amant passionné qui vient de recevoir un aveu, peut-il croire un malheur possible! Il est entré dans une carrière nouvelle dont l'illusion embellit la route; tant que dure l'heureuse influence il se croit plus fort que le destin.

FIN DU DEUXIÈME VOLUME.